KEITAI
SHOUSETSU
BUNKO
野いちご SINCE 2009

クールな彼とルームシェア♡

＊あいら＊

JN167599

○STARTS
スターツ出版株式会社

両親の再婚で同居することになったのは……。
「なぁ……俺が男ってわかってる？」
　学園きってのクール王子!?
「油断しすぎ。……襲(おそ)うぞバカ」

　癒(い)やし系な家庭的美少女♀
　時田(ときた)つぼみ
　　　　×
　クールで無口な学園の王子♂
　高神舜(こうがみしゅん)

　ふたりきりになると、狼に豹変(おおかみ ひょうへん)する彼に
　ドキドキが止まりませんっ……！
「無自覚にもほどがあると思うんだけど」
「……ッ、もうどうなっても知らないからな」
「ホント……可愛(かわい)くてたまんない」

　ひとつ屋根の下
　胸キュン必至の甘々ラブ!?

contents

01 ♥ ROOM

完全無欠の王子様？	8
同居スタート	23
とけあう心	40
ふたりきりの5日間	65
初恋 side舞	79

02 ♥ ROOM

とまどう心	94
王子様vs王子様	104
保留期間	120
好きなのに……	134
溺愛 side舞	148

03 ♥ ROOM

甘すぎる王子さま	170
心の準備	180
隠されていた恋	191

愛の欠片(かけら)	200
キミは美しい　sideコウタ	205
ひとつの恋が終わる音	219
前進 side舜	226

LAST♥ROOM

愛情	238
王子様も男の子	245
happy ending……?	256

【書籍限定番外編】

君がいる世界　side舜	262
知恵熱です　sideつぼみ	290
あとがき	300

01 ♥ ROOM

完全無欠の王子様?

「ねえねえつぼみ〜、一生のお願いがあるんだけどお〜」
　授業が終わり、急いで帰る支度をしている私のもとにやってきたのは、親友のサキちゃん。
「や、やだよ……行かないっ!」
　私の返答に「まだなにも言ってないじゃない!」とプンプン怒りはじめたサキちゃんに、私は口の両端を下げた。
「サキちゃんが一生のお願いって言ってきたら、合コンの誘いだって決まってるもんっ!」
「チッ……バレてたか」
「もう!　そういうのは行かないってばぁ!」
　いったい、サキちゃんに合コンに誘われたのはこれで何度目だろうか……。
　もう断った回数も、数えきれないよ。
「なんでよお〜!　2年の先輩が、つぼみ呼んでくれたらコウタ先輩連れてきてくれるって言ってるんだもん〜!」
「コウタ先輩って誰……?」
「……アンタ、コウタ先輩知らないの!　2年の生徒会長、紳士代表の西園寺コウタって言ったら、知らない女はいないわよ!?」
　まるで一般常識とでも言わんばかりのサキちゃんの言い方に、「へ、へぇ……」と返事をした。
「だからお願い!　ね?」

そう言って、両手を顔の前で合わせて懇願するサキちゃん。
　申し訳ないけれど、いくら親友の頼みとはいえ、こればっかりは聞いてあげられない。
　正直、合コンという言葉にいいイメージがないというのと、男の人と親しくすることに抵抗があるから……。
　男の人が苦手な私にとっては、何度誘われても願い下げなのだ。
「サキちゃんのお願いは聞いてあげたいんだけど、合コンはどうしても行きたくないから……ごめんね……」
「うっ、可愛いから許す」
　意味のわからないことを言っているけど、わかってくれたみたいなのでよしとしておこう。
「サキちゃんは、どうして合コン好きなの？」
「べつに好きってわけじゃないわよ。出会いがないから合コンに行くしかないの！」
「……？　うち共学だよ？」
　出会いなんて、いっぱいあふれてるんじゃ？
「同学年にいい男がいないのよ！　そこそこ顔いい奴はみんな彼女持ちだし、王子は女嫌いだし……」
「お、王子？」
「……は？　アンタまさか、王子のことも知らないの!?」
　王子というワードが引っかかり首をかしげた私に、サキちゃんがありえないとでも言うかのような表情をする。
　知らないの？って……どういうことだろう？
「我が校の王子よ！　１－Ａにいるじゃない！　完全無欠

の完璧王子！　高神舜様よ！」
　1－A……？　高神……舜さん？
　初めて聞く名前に、再び首をかしげれば、今度はため息をつかれてしまった。
「まったく……ホント、アンタって男に興味ないのね……」
「サキちゃんがありすぎるんだよ……」
「なに言ってんの!!　この学園じゃ常識中の常識よ!?　コウタ先輩以上の有名人なんだから！」
　「仕方ないから説明してあげるわ……」と、なぜかドヤ顔を浮かべ、サキちゃんは説明を始めた。
「王子はね、首席で入学して、しかもスポーツテストも1位で部活の助っ人でも負けなしで、とにかく完璧なの！」
「う、うん。すごいね……」
「リアクションが薄い！　ルックスも超かっこよくておまけに高身長だしスタイルもいいし、付け加えてにこりとも笑わない超クールな性格……！　はぁ、しびれるッ！」
　ずいぶんと力の入った演説に、若干引きつり笑いの私は、こくこくと首を縦に振る。
　とにかくすごい人なのはわかった……。
「本当にもう現代に現れた王子様なんだけど、王子ってば女嫌いなんだって。告白すら受けてくれないし、女の子が声かけてもガン無視なのぉ〜……ツラい……」
「だ、大丈夫サキちゃん……？」
「大丈夫じゃないわよ！　しかもね！　女嫌いのくせに好きな子がいるみたいなのよ！　しつこく迫った子に言った

みたいなの……『その子しか興味ないから、ほかは絶対無理』ってええええ!」
　がっくりと肩を落とし、本当にこの世の終わりとでも言うかのようなサキちゃんの落ち込みよう。
「ざ、残念だね……」
　と、慰めの言葉を吐いた。
　それにしても、そんなにすごい人がいたなんて初めて知ったなぁ。
　この学園、有名な人がたくさんいたんだね。
　１年生とはいえ、もう２学期も半ばに入った頃。クラスの人とも打ち解け、学園にもなじんできたというのに、自分の無知さを痛感する。
　けれど、正直話を聞いた今も、王子と呼ばれる人物に興味が持てずにいた。
　お父さんの影響で、私は男の人や、恋愛ごとから遠ざかるようになっていたから。
　……お父さん？　……あ、そうだ!!
「ごめんサキちゃん!　今日急いで帰らなきゃいけないの!」
「え？　ああ、そういえば急いでたわね。なにかあるの？」
「引っ越しするって言ってたでしょ？　お母さんが迎えに来てるから、今日から新しい家に帰るの!」
　帰りの支度を再開し、持って帰るものを急いで手に持つ。
「じゃあまた明日!　バイバイ!」
　サキちゃんに手を振って、私はあわてて教室を出た。

「お母さんっ！　遅れてごめんなさい！」
　正門前に見慣れた車を見つけ、あわてて助手席に乗り込む。
「そんなに待ってないわよ〜！　荷物も無事に届いてるみたいだし、さっそくシンさんの家に向かいましょうか！」
　語尾に音符マークが付くんじゃないかと思うくらい、上機嫌なお母さんに私も笑顔でうなずいた。
　お母さん、嬉しそうだなぁ……。
　満面の笑みでハンドルを握るお母さんの横顔に、私もつられて頬がゆるむ。
　今日引っ越しする先は、まったくの新居ではない。
　お母さんの再婚相手である、高神シンさんの自宅だ。
　シンさんは大きな一軒家に息子さんとふたりで住んでいるらしく、お母さんと娘の私は今日からそこで一緒に暮らすことになっている。
　ちなみに息子さんは、私と同級生らしい。
　らしい、と言うのは、まだ会ったことがないから。
　都合がつかず、今日まで1度も面会ができなかったのだ。
　男の子は苦手だから、本心は不安でいっぱいだけど……お母さんが幸せそうなので大丈夫。
　お父さんと離婚してから、女手ひとつで私を育ててくれたお母さん。
　私のお父さんは本当にどうしようもない人で、仕事もせずにギャンブルばかりして、しかもお母さんがいるというのに平気で浮気をするような人だった。
　いつもケンカをしていたし、お母さんに手をあげたこと

もあった。
　そんなお父さんを見て育った私は、次第に男の人すべてが怖くなってしまい、男の人が苦手になったのだ。
　愛とか恋とか、そういうものも信用できないし、恋愛をしたいとも思わない。
　一度だけ、中学の頃に好きな人がいたけれど……。
　って、そんな話はどうでもよくて……！
　お父さんのせいで、たくさん苦労をしてきたお母さん。
　そんなお母さんが、ようやく見つけた新しい幸せ。
　世界一大好きなお母さんの再婚を、私は心から喜んだ。
　お母さんには幸せになってほしいから、男の人が苦手だなんて言ってられない。
　私が、その幸せを邪魔するようなこと、絶対にしたくないから。
　シンさんと、息子さんと、早く打ち解けられるように……家族になれるように頑張ろう！
　そんなことを考えていると、車がゆっくりと停車する。
「つぼみ、着いたわよ」
「わっ、大きい家だね……」
　目の前に見えたのは、立派な塀に囲まれた豪華な一軒家。
　今までお母さんとふたり、アパートに住んでいたので、あまりの迫力に目を見開いた。
　わ、私……やっていけるかな……。
　さっそく不安になりつつも、早く早くと急かすお母さんに連れられ車を降りる。

──ピンポーン。
　と、インターホンを押したお母さん。
　──プツッ。
『マスミさんかい?』
「ええ、マスミです!」
『待っていたよ!　さあ、あがって!』
　インターホン越しに聞こえたシンさんの声は、私たちを歓迎してくれているようだった。
　お母さんのあとをついていき、家の中にあがらせてもらう。うわ……本当に、内装まで素敵なお家。
「おじゃまします……」と、か細い声で言えば、廊下の奥にある扉からシンさんが勢いよく出迎えてくれた。
「マスミさん!　つぼみちゃん!　おかえり」
「うふっ、ただいまシンさん!」
　さっそくラブラブオーラ全開のふたりに気圧されながらも、「おじゃまします……!」ともう一度言う。
「おじゃましますだなんて。今日からここはキミのおうちだよ、つぼみちゃん!」
　シンさん……。
　満面の笑みを私に向けそう言ってくれたシンさんに、心の奥が温かくなるのを感じた。
「ありがとうございます……!　え、えっと、ただいま……」
「ははっ、おかえりなさい。今すぐにとは言わないけれど、私には敬語は必要ないからね」
　「本当のお父さんと思ってくれたら嬉しいよ!」と付け

加えて、シンさんはもう一度にっこりと微笑んだ。
　初めて面会した時、本当にこの人にお母さんを任せて大丈夫だろうかと、ひどく疑った自分がはずかしい。
　シンさんならきっと、お母さんを幸せにしてくれるにちがいない。
　いつまでも私がよそよそしかったら、ふたりとも気を使ってしまうだろう。
　シンさんをお父さんと呼べる日が早く来るといいな、と心の中で思いながら、案内されるままにリビングへとついていった。
　シンさんに案内され、30畳くらいあるのではないかというほど広いリビングに置かれたソファに座る。
　ここに４人で暮らすなんて……でも、シンさんと息子さんはふたりで暮らしていたんだよね……すごいなぁ。
　あまりキョロキョロと視線を遊ばせてはいけないと思い、対面するように並んだソファの肘掛けに目線を固定した。
「どうぞ」
「ありがとうシンさん」
「あ、ありがとうございますっ……！」
　お母さんにはホットコーヒー、私にはホットミルクティーを出してくれたシンさんに頭をぺこりと下げ、せっかくいただいたのだからと思い口をつける。
　……あ、ミルクが多めに入ってる、ダージリンミルクティーだ。
　私の好みを覚えていてくれていたことに、なんだかくす

ぐったい気持ちになった。
「もう荷物もすべて届いているからね。つぼみちゃんの部屋は、２階の舞の隣に用意させてもらったよ」
　舞……？　息子さんの名前だろうと理解したあと、聞き覚えのある名前に引っかかる。
「ところでシンさん、息子さんはまだ帰ってきてないの？」
「ああ、もうすぐ帰ってくると……」
　シンさんが言い終わる前に、その声は遮られた。玄関の扉が開く音によって。
「……噂をすれば、帰ってきたみたいだ」
　廊下を歩く足音が、だんだんと大きくなっていく。
　その音が限りなく近くで聞こえた時、リビングの扉が開く音と重なった。
　──ガチャ。
「ただい……、っえ？」
　一瞬、その声に聞き覚えがあると思ったのは気のせいだろうか？
　開いた扉の奥から顔を出したのは、とても整った顔をした男の人。
　「ただいま」と言おうとしたのだろうか、ソファに座る私を見て目を見開く彼に、私も釘付けになる。
　うわあ……カッコいい人だなぁ。
　この人が舞さん……シンさんも美形だから、息子さんもカッコいいはずだ。
　色素の薄い髪に、はっきりと存在を主張する大きな瞳。

白いセーターがとても似合っていて、まるでおとぎの国の王子様のような……。
　……ん？
　あれ？
　あることに気づき、思考が止まる。
　この、制服……私の学校と、一緒。
「舜、おかえり」
「はじめまして舜くん。今日からお世話になる時田マスミです。この子は娘のつぼみです」
　シンさんに続き、自己紹介をして会釈(えしゃく)するお母さん。
　舜……シンさんの苗字は、高神……。
『我が校の王子よ！　１－Ａにいるじゃない！　完全無欠の完璧王子！　高神舜様よ！』
　今日のサキちゃんのセリフを思い出し、ハッとする。
　とても整った容姿に、私と同じ制服。
　――まちがいない。
「高神、舜……さん？」
　目の前にいる彼は、サキちゃんの言っていた王子様だ。
「おや？　つぼみちゃんは舜と知り合いかい？」
「あら！　制服が同じね！　舜くんも城西学園(じょうせい)だったのね！」
　声に出していたのだろうか、シンさんとお母さんの視線が私に集まる。
　その間もなぜか……舜さんは、私を見て固まっていた。
　す、すごく見られてるけど……どうしてそこまでおどろいているんだろう……。

舜さんとは今まで話したこともないし、接点もなかったから、私を知っているはずはないし……。
「あ……お話ししたことはないんですけど、同学年……だと思います」
　3人からの視線になんだか耐えられなくなり、そう言ってから下を向く。
「そうだったんだね。舜、こっちへ来なさい」
　シンさんの声に、固まっていた舜さんがようやく視線を動かした。
　その表情はあせっているようで、この状況にいちばん困惑しているのは彼のようだ。
「お話ししていた再婚相手のマスミさんと、娘のつぼみちゃんだよ」
「……っ」
「……舜？　どうかしたのか？」
「……いや、なんでもない」
「なんでもないじゃないだろう。きちんと挨拶しなさい」
　わぁ……シンさん、お父さんみたい……。
　当たり前のことだけれど、お父さんらしい一面を見るのは初めてだったのでとても新鮮な気分になった。
「……高神舜です。よろしくお願いします」
　間を置いて、頭を下げた舜さんに私も立ちあがって会釈する。
「時田つぼみです。今日からお世話になります……」
　顔をあげると、先程同様まじまじと私を見ながらおどろ

く舞さん。
　隣できゃっきゃっと楽しそうに盛りあがっているふたりをよそに、数秒見つめあったあと、その無言に耐えられなくなって先に口を開いたのは私の方だった。
「あ、あの……どうかしましたか？」
　もしかして、私の顔にでもなにかついているのだろうか……？
　そんな心配をするくらい凝視(ぎょうし)されていたので、さすがにはずかしくなってきた。
　も、もしかして、こんなちんちくりんが来ちゃったからショックを受けて固まってるとか……!?
「……っ、わるい」
「い、いえ……！」
　結局視線の意味はわからなかったけれど、そう言って目をそらしてくれたので、これ以上聞かないことにした。
　だって……ち、ちんちくりんなんて言われたらショックだもん……。
「いやあ、それにしてもまさか、ふたりが同じ高校だったとはね」
「世間は狭(せま)いわねぇ〜」
　私たちとはずいぶん温度差があるお母さんとシンさんは、ニコニコと嬉しそうに顔を見合わせている。
　唐突に、お母さんが舞さんの前まで歩み寄った。
「知らない人が急に現れて、今日から家族だなんて無理な話よね。少しずつ素敵な家庭を築いていきたいと思ってい

るから、今日からよろしくね、舜くん」
「こちらこそ……よろしくお願いします」
　そっか、お母さんも、舜さんと会うのは初めてなんだね。これから、この４人で暮らすんだ。
　……って、あれ？
　待って。今あらためて気づいたけど、私舜さんと一緒に暮らすの？
　お、女嫌いって言ってたけど……わ、私やっていけるかなっ……？
　本日何度目かの不安が私を襲う中、ポンッとシンさんに背中をたたかれた。
「さあ、今日は４人でご飯でも食べに行こうか！」
「いいわね～！　さっそく出かけましょう！　荷解きは帰ってきてからにしましょう！」
　「ふたりとも行きましょうか！」と、乗り気のお母さんと、そんなお母さんを微笑ましそうに見つめるシンさんは足早に玄関へ向かう。
　置いてけぼりの、私と舜さん。
　ま、待って……女嫌いってことは、もちろん私も女だから私も苦手ってことで、つまり家でもあんまり近づかない方がいいってことで、話しかけたり、極力しないようにしなきゃいけないってことで……。
　まわらない頭をぐるぐると回転させ、必死に考えるものの、気をつけないといけないことが多すぎてなにがなにやら。

「なにしてんの？　……早く行こ」
　そうこうしているうちに、ふたりともリビングから出ていってしまい、背後から舜さんにそう言われた。
　……あっ、話しかけては、くださるみたい……。
　少し安心して、ホッと胸をなでおろす。
　そうだよ。家族になるんだもん、こんなことで不安になってちゃダメだ。
　私はお母さんの幸せを、全力で応援するって決めたんだもの。
「あのっ……」
　私の少し前を歩く舜さんの背中に、声を投げかける。
　立ち止まった舜さんが振り返るよりも先に、もう一度しっかりと頭を下げた。
「きょ、今日から、よろしくお願いします……！」
　よしっ！　挨拶、できた！
「……ああ」
　言葉はそれだけだったけれど、返事をもらえただけよかったと思い、ホッとする。
「……俺、部屋に荷物置いてから行くから、先、車行ってて」
「はいっ……！」
　２階にあがっていった舜さんの後ろ姿を見つめながら、軽く頬をパチッとたたく。
　よーし、頑張れ私！
　シンさんと舜さんと、早くなじめますように！
「……再婚相手の娘って、時田かよ……」

ひとり意気込んでいる私は、知る由(よし)もなかった。
　舜さんが、誰もいない2階で、頭をかかえながらそうつぶやいていたことに——。

同居スタート

「お前の部屋、ここだから」
「は、はいっ……！　ありがとうございます！」
　４人で外食に行き帰宅したあと、荷物の荷解きをするため部屋に案内してもらった。
「隣、俺の部屋だから……なんかわかんないことあったら呼んで」
　……あれ？
　てっきり極力話しかけたりしない方がいいのかなんて思っていたけど、普通に会話してくれてる……。
『女の子が声かけてもガン無視なのぉ〜……ツラい……』
　なんだかサキちゃんが言っていたより、優しい人かもしれない。
　よかった……！
「ありがとうございます……！」
　安堵からか、自然と笑みが浮かび舜さんにお礼を言った。
　すると、なぜか舜さんが目を見開き、気のせいか少し……顔が、赤い？
「舜さん……？」
「……っ、なんでもない。じゃあ、荷解き頑張って」
　パタリ、と、音を立ててドアが閉まった。
　顔、赤かったな……もしかして、風邪かな？
　今は10月の後半。

季節の変わり目で最近肌寒くなってきているから、もしかすると体調を崩(くず)しているのかもしれない。
　大丈夫かな舜さん……ハチミツ生姜湯(しょうがゆ)でも作って、持って行こうかな……いやいや、さすがに余計なお世話だよね。
　心配になりながらも、ひとつひとつ荷解きを始めた。

「ふーっ、終わったぁ……」
　キレイになった部屋を見て、うんっと伸(の)びをする。
　ここが私の部屋かぁ……。
　今まで、アパート住まいで自分の部屋はなく、リビングに勉強机とかを置いていたから、内心とても嬉しい。
　自分の部屋って憧(あこが)れだったから……こんなによくしてもらって、いいのかな。
　嬉しい反面、申し訳ないという気持ちが強い私が、シンさんをお父さんと呼べる日はまだ遠いみたい。
　部屋を出て１階に下りると、ソファに座ってお母さんとシンさんがテレビを見ていた。
「あらつぼみ、荷解き終わったの？」
「うん、終わったよ」
　足音が聞こえたのか、振り返ったお母さんが、私を見て微笑む。
「早かったね。今日は疲(つか)れただろう、お風呂に入って休むといいよ」
「ありがとうございます……それじゃあ、お言葉に甘えてお借りします」

「もう！　つぼみったら！　そんなにかしこまらないの！　ホント昔っから内気な子でね～！」
「ははっ、気にしてないよ。浴室はそこの扉を出て左の部屋にあるからね。この家はもうつぼみちゃんの家だから、全部勝手に使ってくれてかまわないよ」
「あ、ありがとうございます……！」
　お母さんのセリフにはずかしくなって、ペコッと頭を下げ急いで浴室へ向かった。
　うっ、浴室まで広い……。
　３人は浸かれるだろう浴槽に入りながら、ふぅ……と息を吐く。
　今日はいろいろあったな。まさか、サキちゃんが言ってた王子様と同居することになるなんて。
　いつか、舜さんと兄妹になるのかぁ。
　シンさんとお母さんは、まだ籍を入れていない。
　私は大丈夫だと言ったのだけれど、苗字が変わればいろいろとたいへんだからと言って、私が高校を卒業してから籍を入れることになったんだ。
　同級生だけど、お兄ちゃん？　弟？　どっちにしても、実感が湧かないなぁ。
　お風呂からあがった私は、部屋着を着て一度リビングに行き、「おやすみなさい」とふたりに言ってから２階にあがった。
　──ガチャ。
　私が部屋に入ろうとドアノブに手を掛けた時、ちょうど

舜さんが隣の部屋から出てくる。
「あ、お風呂、お借りしました……」
「…………」
　これから住まわせてもらうといっても、今日はまだ初日。
　人の家という認識が強いため、おもわずそんなことを言った私を見つめながら、舜さんはなぜか無言のまま固まっていた。
　……？
「舜、さん？」
「……っ、……ああ」
「え、えっと、おやすみなさい……」
「……あのさ」
　ふたりきりというのが非常に気まずく、早々と部屋に入ってしまおうとした私を、そのひと言が止める。
「舜でいい。同級生なんだから、さん付けとかいらないって」
　よ、呼び捨て……。
　いきなり呼び捨ては、ちょっとハードル高いかなっ……。
「あ、えっと。じゃ、じゃあ、舜くんじゃダメですか……？」
「……うん、それで」
「私も……つぼみって呼んでください……。さすがに苗字ってヘンだと思うので」
「……わかった」
　それ以降の会話が続かず、私たちの間に沈黙が流れる。
　な、なにか言わなきゃ……！

そう思うものの、なんの言葉も浮かばないまま静けさだけが増していき、気まずくてたまらない。
　意を決して、うつむいていた顔をあげ、口を開こうとした私の目に映ったのは、舜……くんの、赤みを帯びた顔だった。
　——え？
「……じゃあ、おやすみ……つぼみ」
「あっ、はいっ……」
　照れくさそうにそれだけ言って、舜くんは１階へ下りていった。
　顔、赤かった……。
　——やっぱり、そうだ。
　私は、ひとつの確信を得た。
　部屋に入り、ベッドに寝転ぶ。
「舜くん、風邪引いてるんだ……」
　部屋の中でひとりそうつぶやいた私の声は、誰にも聞こえることなく消えていった。
　明日の朝は、体に優しいものを作ろう……。
　そんなことを思いながら、私の長い１日は幕を閉じたのだった。

　朝の６時。
　ゆっくりと体を起こし、ベッドから出る。
　毎朝決まってこの時間に目が覚める私は、我ながら健康体なのだろうと思う。

学校の用意と朝の支度を先に済ませ、制服を着る。
　洗濯機も回し、一通りすることを終えてから、私は台所へ向かった。
「キッチン、勝手に借りてもいいかなぁ……」
　まだ誰もいないリビングにひとり、朝食とお弁当の用意をしようと冷蔵庫を開けた。
　わ……ぜんぜん食材がない……。
　普段はインスタントのものを食べているのだろう。
　キッチンの奥に山積みになったインスタントラーメンやレトルトカレーが、それを物語っている。
　ギリギリ、野菜が数種類と卵、お味噌(みそ)とお魚があったので、今日の分の朝食とお弁当は作れそうだ。
　よーし、作るぞっ。
　舞くん風邪引いてそうだったから、体が温まるもの中心に作ろう！
　毎朝早くに起きられない低血圧のお母さんに代わって、朝ご飯とお弁当、そして夜も仕事で遅いので晩ご飯も私が用意している。
　料理は大好きだからぜんぜん苦ではないし、むしろ家のことくらいは手伝わせてほしかったので、家事全般は私担当だったのだ。
　一品一品完成していく中、リビングの扉が開く音が聞こえる。
　奥から顔を出したのは、シンさんだった。
「おはよう、つぼみちゃん……朝早いんだね……」

「おはようございますシンさん」
「ん？　すごくいい匂いがする……」
　匂いを嗅ぐようなしぐさをし、キッチンへ近づいてくるシンさん。
「……！　朝ご飯作ってくれたのかい！」
「あ、キッチンお借りしました……！　簡単なものしか作れなかったんですけど」
「いやあ、嬉しいね！　簡単なものだなんて……どれもすごくおいしそうだ！　いつもつぼみちゃんが作っているのかい？」
「はい。お母さんは忙しいので、ご飯は私が担当してます」
「そうかそうか……つぼみちゃんは料理上手なんだねぇ、手料理なんていつぶりだろうか、いやあ本当に嬉しいよ！」
　少し大袈裟すぎでは？と思ったけれど、喜んでくれたようでホッとした。
「家事はこれから、私がさせてもらっていいですか……？」
「……いいのかい？　つぼみちゃんも勉強や部活で忙しいだろう……」
「勉強は大丈夫です。部活も入るつもりはないですし、習慣付いてるのでさせてもらえるとありがたいなって……」
「こちらこそ助かるよ……！　じつはね、情けないことに私も舞もいっさい家事ができなくて……どうしようかと思っていたんだよ」
　あはははは……とはずかしそうに笑うシンさんに、私も微笑みを返す。

ふと時計を見ると、針は６時45分を指していた。
「シンさんは朝いつもこのくらいに起きるんですか……？」
「んー、だいたいこのくらいだね。舞は朝弱くて自分じゃ起きられないから、７時くらいに私が起こしてるよ」
「ふふっ、私と一緒です。お母さんも朝弱くて、そのくらいの時間に私が起こしてます」
　他愛もない話をしながら、お弁当を詰めていく。
　朝に人と話すって、ヘンな感じだなぁ……。
　でも、楽しい。
　お弁当が完成し、再び時計に目をやると、ぴったり７時だった。
「それじゃあ、私お母さん起こしてきますね！」
「いや、荷物を取りに行くついでに私が行くよ。マスミさんと舞、起こしてくるね」
　それじゃあ……私は料理を並べておこう。
　４人掛けのテーブルに、料理を並べる。
「んー……つぼみ、おはよ……」
「お母さん、おはよう！」
　パジャマのまま、眠たそうに目を擦りながらリビングにやってきたお母さん。
　「ふわぁあ……」と大きなあくびをして、料理の並んだテーブルのイスに座った。
　ふわ……あくびうつっちゃった。
　仕方ない、お母さんだもん……。
　あくびがうつると言うのは、実際に科学的に証明されて

いるようで、その原因は感情移入とされているらしい。
　即ち、親しい人間のあくびほどうつりやすい。
　そんなどうでもいい話は置いといて、せっせと料理を並べた。
「よし……！」
「つぼみちゃん、ふたりとも起こしてきたよ」
　ちょうど並べ終わった時、シンさんがリビングに戻ってくる。
　後ろから眠たそうな舜くんがついてきて、大きなあくびをした。
　……あ、舜くんのあくびは、まだうつらない。
　まだ、距離があるってことかな……、昨日会ったばかりだもん、仕方ない。
「……飯……？」
「つぼみちゃんが作ってくれたんだよ！　いやあ、お腹減った。早く食べよう！」
　テーブルに並んだ料理を見て、舜くんがポカンと口を開け固まる。
　え、えっと……苦手なものでも、あったかな……？
「ほら舜、早く座りなさい」
「……あ、うん」
　私、その隣にお母さん、お母さんの前にシンさん、シンさんの隣に舜くん、舜くんの前に私。という並びで、テーブルを囲む。
「それじゃあ、食べましょうか！」

お母さんが笑顔でそう言うと、それぞれいただきますと手を合わせ、お箸を手にした。
　お、お口に合うといいのだけれど……。
　みんなの反応が怖くて、ひとりお箸を持ったまま、食事には手をつけずに反応をうかがう。
　とくに、めずらしそうな顔で料理を見つめる舜くんの反応がおそろしすぎて、心臓がドキドキとうるさい。
　舜くんが、だし巻き卵をお箸で器用につかみ、口の中へ入れた。
「あ、あの、まずかったら、ぜんぜん、残していただいてかまわないのでっ……！」
「……うまい」
「……え？」
　ボソリとつぶやき、すごいスピードで食べはじめた舜くんにおどろいて固まる私。
「どれもおいしいよつぼみちゃん……！　これから毎日こんなおいしいご飯が食べられるなんて、嬉しいなあ！」
「もう、シンさんったら！　よかったわねつぼみ！　だらしない私に代わって、つぼみはいつ嫁に出してもはずかしくない子に育ったのよぉ～、うふふ」
　冗談だろうけど、お母さんが笑顔でそんなことを言って、シンさんも「本当だねえ。舜もつぼみちゃんみたいな子を連れてきてくれたら嬉しい限りだよ」と冗談を返し笑った。
　お母さんもつられて笑う中、舜くんが喉を詰まらせたのか、むせたように咳き込む。

え！　ど、どうしたのっ……！
「だ、大丈夫ですかっ……！　お茶どうぞ……！」
「っ、ありがと……」
「もう舜、ちゃんとよく噛(か)んで食べなさい」
「ふふっ、シンさん、今のお父さんっぽいわっ！」
　なんだか、忙(せわ)しない朝。
　ううん、ちがう。
　とてもにぎやかで、楽しくて、幸せな朝だ。
　そう思わずにはいられないほどに、私たちは笑顔に包まれていた。
「……ごちそうさまでした」
「あー、おいしかった！　ありがとうつぼみちゃん」
「いえ、こちらこそ喜んでいただけて嬉しいですっ……」
　さすが男の人は、ご飯を食べるのが速い。
　私が半分ほど食べ終わった時に手を合わせた舜くんとシンさんに、おもわず感心してしまった。
　……あ！
「あの、お弁当作ったのでよかったら……」
　いけないいけない！　忘れるところだった。
「お弁当まで作ってくれたのかい？　本当にありがとう、つぼみちゃん」
　舜くんがリビングにいなかったので、とりあえずシンさんにお弁当を渡す。
　私も急いで食べ終わって、洗い物をしてから学校へ行く支度をした。

そういえば……、舜くんはどうやって通学しているんだろう。
　電車かな？
　この家から、自転車通学するのは無理がある、と思う。
　徒歩と電車で30分弱はかかるだろうから……きっと、電車通学だろうな。
　私も今までは自転車通学だったけれど、今日から電車通学になる。
　電車って、あんまり乗らないから不安で……駅まちがえずに行けるか心配……。
　ここから学校へ通うのは初めてなので、無事学校へたどり着くかが本日いちばんの不安要素だった。
「つぼみちゃん、もう行くのかい？」
「はい、そろそろ出ます」
「あ、そういえば舜と同じ高校だったよね？　今日通学初めてだろう？　舜と行くといいよ」
　……え！
　そ、それはさすがに申し訳ない……というか、舜くんとふたりっていうのが、まだ気まずくて……。
　どうしようと困惑している間に、シンさんが「しゅーん！」と別室にいる舜くんを呼ぶ。
　すると歯を磨いている途中だったらしく、歯ブラシを咥えたままの舜くんがリビングに顔を出した。
「……なに？」
　歯磨きの途中で呼ばれたからか、不機嫌そうな声色。

「家から学校通うの、つぼみちゃん初めてだから、一緒に行ってやってくれないか？」
　あああ、シンさん……！
　舜くんは昨日は普通に話してくれたけど、まだぜんぜん打ち解けていないし、私はひとりでもぜんぜん平気で通えるので、そんなおこがましいことは、あのっ……！
　言いたいことは山ほどあるのに、言葉にならなくてただただ首を左右に振る私。
「……言われなくてもわかってる」
　けれど、舜くんから出た予想外の言葉に、浮かんでいた言葉も心配も全部飛んでいってしまった。
　……え？
　言われなくても……って。
　初めから、一緒に行ってくれるつもりだった……ってこと？
　や、優しい……！
　舜くんの予想外の優しさに、感動にも近い感情が湧き上がる。
　本当は、方向音痴を極めたような性格をしている私。学校にたどり着けないんじゃないかとさえ思っていたから、一気に不安が消え去った。
　大袈裟ではなく、本当に私の方向音痴はとてつもないのだ。
「あ、ありがとう舜くんっ……！」
「……べつに。同じとこ行くんだから一緒も別もないだろ」
「ううん、すごく助かります！　本当にありがとう！」

「……っ。……大袈裟。歯、磨いて着替えるから、ちょっと待ってて」
　大きく首を縦に振り、「はい」と返事をする。
　よかった〜。舜くん、優しいなぁ……。
　もしかして、女嫌いっていうのはただの噂なのかもしれない。
　昨日もお母さんと普通に会話していたし、私ともこうして、普通に接してくれる。
　ホッと胸をなでおろし、安心しながらそんなことを考えていた私の隣で、シンさんがつぶやいた声が耳に入った。
「………めずらしいな」
「え？」
　めずらしい？
　なにがだろう？
　首をかしげた私に、シンさんが一瞬「しまった」という顔をしたあと、苦笑いを浮かべる。
「……あ、いやぁ……」
　言いづらそうに言葉を濁したけれど、話してくれる気になったのか頭を掻いて私と視線を交わらせた。
「……じつはね、言っていなかったんだけど、舜は女性が苦手でね。私がいけないんだ……元妻の影響で、女性をひどく拒絶するようになってしまって」
　……あ。本当、だったんだ。
　シンさんから聞かされる真実に、少し寂しさというか、舜くんとの距離が離れていくのを感じた。

「だから、もしかしたらつぼみちゃんと口をきいてくれないんじゃないかと心配していたんだが。どうしてかな。つぼみちゃんにはなんだか、心を開いているように見えるんだよ」
　私……に？
「えっと、そう言っていただけるのは嬉しいんですけど、たぶん気のせいだと思いますよ……？」
　断言できる。それはない、と。
　なにせ舞くんとは昨日会ったばかりだし、そんなに話してもいない今、この短時間で心を開いてくれたとは思えない。
「ははっ、そうだね。突然ヘンなことを言ってすまない」
「いえ」
「それじゃあ私も、仕事に行く支度をするよ」
　シンさんはそう言って、自室へ行ってしまった。
　うーん……シンさんは、どうしてそんな風に思ったんだろうか？
　会話して、くれてるから？
　たしかに、サキちゃんから聞いていた話よりも、舞くんはずいぶんと優しい人で、無視なんてする人には思えない。
　私と普通に話してくれるのは……。
「お待たせ」
　理由を考えている途中で、舞くんがそう言って2階から下りてきた。
　制服も着て、準備万端といった姿。
「行こ」

「は、はい」
　結局、理由はわからないまま、廊下を歩く舜くんについていった。
　……あ、そうだ。
「舜くん……」
「ん？」
「これ、よかったらお弁当作ったんですけど……い、いらなかったら食べなくても大丈夫なので、あの……」
「まじで？」
　渡しそびれていたお弁当を、おそるおそるいろんな言葉を付け足して差しだすと、舜くんが心なしか目を輝かせて私を見た。
「ありがと。ガキくさいって思われるかもしれないけど、弁当とか憧れだったし……つぼみの飯、すごいうまかったから嬉しい」
　舜くん……。
　まさかそんな風に言ってもらえるなんて。
　嬉しくて、じーんときてしまった。
　昨日、新しい家に引っ越してきて、新しく家族ができて、新しい町での生活が始まって……。
　本当は、不安で不安でいっぱいで、前日は眠れなかった。
　でも、山積みだった不安が、ひとつひとつ消えていく。
　最初は男の人が苦手な私が、息子さんとうまくやっていけるんだろうかって、そればっかり考えていたけれど……舜くんとなら、仲よくなれそうっ……。

そのうち……少しずつ舜くんのことを知っていきたい。
　まだまだわからないことだらけだけど、ちゃんと仲よくなれたらいいなと心の中で思いながら、「いってきます」と言って私たちは家を出た。

とけあう心

「定期買ったか？」
「はい。買いました！」
「ん、じゃあ行こ」
　改札を通り、駅のホームに行くと、朝の通勤ラッシュで人があふれていた。
　うわぁ……こんなに混んでるんだ……。
　歩くたびに人にぶつかるので、私はもう舜くんについていくので精いっぱい。
「この電車乗るから」
　舜くんがそう言った電車は、私たちが乗る前からすでに人でいっぱいで、入れるの!?　といった状態だった。
　え、うそ、ホントにここに乗るの!?
「しゅ、舜くん、もういっぱいだよ？　乗れなそうだよ？」
「この時間帯はこんなもん。……ほら」
　乗車待ちの列が動き出し、電車に乗り込もうとする中、躊躇した私の腕を舜くんがつかむ。
「大丈夫だから、俺につかまってて」
　そう言って、電車の中へ入っていった。
　なんだか舜くんがとても頼もしくて、「ありがとうございます」と返事をし、私もあとに続く。
　ギューギューの車内で、なんとか乗車できた私たちは、扉が閉まり、反対の扉の方に追いやられた。

く、苦しい……っ。
　四方八方から押されて、身長が低いことも重なり360度どこを見渡しても人の背中であふれていた。
　カバンを持つ手もプルプル震え、つかんでいるのが精いっぱいの状態。
「つぼみ、貸して」
　カバンを持つ手が離れてしまいそうになった時、舞くんが私のカバンをつかんだ。
　そして、サッと私のカバンを奪い、肩にかけた舞くんは、そのまま私の背中に優しく触れて扉にぴったりと移動させてくれる。
　そして、私を覆うように壁に手をつき、私が人と当たらないような体勢にしてくれた。さっきまでの苦しさから抜けだし、ずいぶんとラクになった私。
　しゅ、舞くん……。
「ありが、とうっ……！」
「大丈夫か？」
「うん！　舞くんこそ苦しくない……？」
「このくらい大丈夫、慣れてるし」
　ふっ……と微笑んだ舞くんに、なぜかドキっと胸が高鳴る。
　ドキ？　……気のせい、かな……？
　それにしても、やっぱり舞くんは男の子だなぁ。
　私をかばうために覆い被さってくれているけれど、後ろからいろんな人に押されているのがチラチラと見える。
　それなのにビクともしない舞くんは、相当力があるんだ

ろうか。
　自分のカバンと私のカバンを持ちながらかばってくれているし、すごい負担だと思うのに……。
　スタイルがよくて一見細身な舜くんは、そんなに筋肉質には見えない。
　意外な一面に、舜くんから男の人を感じて、なんだかはずかしくなった。
　……って、あれ？
　わ、私、今すごく舜くんと距離が近くない……!?
　今さら気づいた現状に、一気に顔に熱が集まる。
　だ、だって、もう10センチくらい先には舜くんがいて、両肩に舜くんの手が当たってて……っ。
　──ガタンッ！
　軽く頭を混乱させていると、カーブに入ったのだろうか、電車が激しく揺れた。
　私たちの方に人波が倒れ、押されたせいで舜くんと私の距離がグッと近づく。
　舜くんに、抱きしめられるような体勢になった私。
　え、えっ……ち、近い……！
　ど、どうしよう、離れようにも離れられないし、でもこんな状況、はずかしくて耐えきれないっ……！
　舜くんがかばってくれたから、私に体重がかかることはなかったけれど、舜くんの髪が私の肩に触れるほど、私たちの間に距離がなくなった。
　すぐにバランスを崩した人たちがすぐに体勢を立て直し、

舞くんもあわてたように私と距離を作った。
「わ、わるいっ……大丈夫か？」
　焦ったような声色でそう尋ねてきた舞くんに、はずかしくて顔があげられない私は２度首を縦に振る。
　う〜、今絶対、顔まっ赤だ……。鏡を見なくてもわかるほど、赤く染まっているだろう私の頬。
　ずっとうつむいて下ばかりを見ていた私は、気づかなかった。
　私と同じように、舞くんも顔を赤くして、視線をそらしていたことに——。

『城西学園前駅、城西学園前駅でございます』
　私たちが降りる駅のアナウンスが流れ、ようやく満員電車から解放された。
　顔の熱も引き、人混みから抜けだした頃に舞くんを見る。
「あの、ありがとうございました。カバンも、持ってもらって……」
「……このくらいべつに、礼言われるほどのことじゃない」
　はずかしそうに視線をそらした舞くんは、私にカバンを渡してくれた。
　もしかして、舞くんって不器用なのかな……？
　照れくさそうな姿に、そんなことを思う。
　昨日初めて出会ったけれど、サキちゃんから聞いていた舞くんのイメージがどんどんと薄れていくのを感じていた。
　優しくて、不器用で、カッコいい……。

うん、やっぱり、なんだか王子様みたい。
　ふたりで並んで歩き、駅を出るとすぐに学校が見えた。
　よかったっ……ちゃんとたどり着けて！
　これも全部、舜くんのおかげだ。
「舜くん、連れてきてくれてありがとう。ちゃんと道もわかりました！」
　これで、帰りは迷わずひとりで帰れるはず。
「……ん」
　たったそれだけの返事なのに、その声色から優しさが伝わってきたのは気のせいだろうか。
　チラッと舜くんの顔をのぞけば、バツがわるそうな、困っているような表情。
　まるで、ありがとうと言う私に、なんて言葉を返していいのかわからないと言っているようだった。
　やっぱり、少し不器用な人なのかもしれない……。
　舜くんの可愛い一面に、ひそかに微笑んだのだった。

「きゃあ！　見て！　高神様！」
「王子だ～！　朝から見られるなんて幸せ～！」
　学園の正門に近づくにつれて、通学中の生徒が増えてそんな声がちらほらと聞こえはじめた。
　舜くん、やっぱり人気なんだ……！
　女の子たちはみんな、目をきらきらさせている。
　当の本人はまったく気にしていないみたいで、知らんぷりして平然としている。

「ちょっと、隣にいるの誰!? 彼女!?」
「うわ……１年の時田つぼみだよあれ」
「あのふたりくっついたの!? ショック〜……」
　……わ、私!?
　自分の名前が聞こえて、びくりと反応する。
　どうして私の名前が知られているのかはわからないけれど、なんだかヘンな誤解をされている様子。
　彼女だなんて、そんなわけないのにっ……！
　こ、困る……。
　私と付き合ってるだなんて思われる舜くんがかわいそうだし、事実無根なので全力で否定したい。
　困り果てて舜くんを見ると、まるで聞こえていないかのごとくスルーな様子に、ビックリ。
　なんだか自分が気にしすぎな気がして、だんまりを決め込みうつむき気味に歩いた。
「舜くん、Ａクラス……でしたっけ？」
　サキちゃん情報どおりだと、そのはずなんだけど……。
「うん」
「それじゃあ……私Ｂクラスなのでここでお別れですね」
　靴箱で靴を履き替えて、「また」と言い舜くんに手を振る。
　ＢクラスとＡクラスは教室が少し離れているので、ここで道が分かれるのだ。
「待って」
　そのまま教室に向かおうとする私を、舜くんの声が引き止めた。

「どうしたんですか？」
「送る」
「え……でも、教室逆ですよ……？」
「いいから。行こ」
　さすがにここから教室までの道はわかるし、送ってもらうほどの距離ではないので、申し訳なさから断ろうとした。
　けれど、舜くんは有無は言わせないとでもいうかのように私のクラスの方へと歩きだしていて、断る間もなくあわてて私もあとを追う。
　逆方向なのにわざわざ送ってくれるなんて、よっぽど私のことを方向音痴と思っているとか……？　でも、舜くんに方向音痴なことは伝えていないはずだし……。
　舜くんの意図がわからなくて、謎は膨らむばかり。
　そうこう考えているうちに、あっという間にクラスに着いて、教室の前で舜くんが止まった。
「じゃあ……また」
「は、はいっ……。教室まで送っていただいて、ありがとうございました！」
　あ……また。
　舜くんはお礼を言った私に対して黙り込んでしまって、つかの間の沈黙が私たちを包む。
　バツがわるそうに首を控えめに掻き、静寂を破るように舜くんが口を開いた。
「俺が……一緒にいたかっただけだから。……じゃあ」
　──え？

ちょっと待っ……どういう、意味?
　舜くんの言葉の意味がわからずきょとんとする私を置いて、スタスタと足早に教室から去っていく舜くんの背中を見つめる。
　私はひとり、舜くんの言葉の意味を考えながらぼーっと立ち尽くしていた。
　一緒に、いたかっただけ……?
　私、と?
　……っ、そ、それはないよ!
　ちがうちがう!　かんちがいするな私っ!
　舜くんはきっと、なんていうか、ちがう意味で、一緒にいたかったって……言っただけで……ヘンな意味じゃないよ!　ぜ、ぜったいそう!
　わ、わかってる……わかってるけど。
　顔、熱いよ……。
　だって……あんなにカッコよくて、優しくて、王子様みたいな人にそんなこと言われたら、誰だって赤面する。
　かんちがいまでは、しないけど……舜くんってば、わるい男だ……。
　両手で頬を包むように覆い、邪念(じゃねん)を払うように心を落ち着かせた。
　なんとか顔の熱が引いてきて、教室に入ろうかと思った瞬間、何者かが私に飛びついてくる。
「ちょっと!!　どうなってんのよおお!!」
　その正体はサキちゃんで、顔を強張らせて私に迫ってきた。

「え、さ、サキちゃんっ……！　どうしたの！」
「どうしたのじゃないわよ!!　なんで王子と登校してんの、つぼみ!!　アンタたち朝からすごい騒ぎになってるわよ!!」
　さわ、ぎ？
　いったいなんのことだろうと首をかしげれば、「ちょっと来なさい!!」とサキちゃんに手をつかまれ、食堂へ連れてこられた。
　朝の食堂はまだ誰もいなくて、職員の人すら出勤していないよう。
「……で？」
「……え？」
「だーかーら、王子となにがあったのよ!!」
　食堂の席に着くなり問いただされ、休む暇もない私。
　王子……しゅ、舞くんのことだ……なにがあったって言われても……。
　どう説明するべきなのだろうか、というかまず、これは言ってもいいのだろうか……。
「あ、あのね……」
　悩んだ末、親友のサキちゃんにはきちんと話すことにして、私は昨日からの一部始終を話した。
「王子と同居おお!?」
「こ、声が大きいよサキちゃんっ……！」
　よほどおどろいたのか、サキちゃんは血相を変えて叫んだ。
「……それで、今日は一緒に来てたってわけ？」
「う、うん……」

「なんていうか……はぁ……そういうことね」
　頭をかかえるようにテーブルに伏せ、数秒うーん……と唸るサキちゃん。
　そして、なにやらブツブツと呪文のようなことを唱え、独り言を言い始めた。
「危ないわよね……王子とはいえ、つぼみの可愛さには敵わないだろうし、ひとつ屋根の下だなんて……いや、女嫌いな王子なら安全……いやでも相手はつぼみよ？　私が王子なら獲って喰っちゃう自信しかないし……いやでも……」
「さ、サキちゃん？」
「……っえぇい！　わかったわ！　とにかく様子を見ましょう!!」
　いったいサキちゃんの頭の中でなにが起こっているのか、理解はできないけれど、どうやら結論が出たようで、顔をあげた。
　び、ビックリしたっ……。
「状況はわかった。なにかされたら、すぐあたしに言うのよ！」
「……？　なにかって？」
「～もうっ！　ピュア！　この！　可愛いんだからッ!!」
　サキちゃんの言うなにかがわからなくて首をかしげると、テーブルをはさんで抱きしめられる。
「とにかく、つぼみは私が守るわ」
「え、えっと……？　ありがとう？」
　いったい私をなにから守るのだろうか、わからないこと

だらけだけど、とりあえずサキちゃんが心配してくれているということだけはわかったので、お礼を言った。
「はぁ……でもまさかつぼみと王子が同居なんてね……。ほんと、姫と王子が付き合いはじめたって朝からすごい話題になってたのよ！」
「姫と王子？　王子って……！　舞くん、付き合ってる子いるの！」
　そ、そうだったんだ……。
　──チクッ。
　……ん？　チク？
　サキちゃんの言葉に、ちょっぴり胸が痛くなる。
　その原因がわからなくて心臓のあたりを擦ると、サキちゃんのため息が耳に入った。
「アンタね……」
　はぁぁぁ……と、これでもかと言うほど大袈裟なため息。
「ひーめ！　アンタのことよ‼　まさか気づいてなかったの⁉」
　……え？
「……姫？　私の名前、つぼみだよ？」
「もう‼　名前じゃないの！　高神様だって王子ってあだ名でしょ！　この学園のお姫様って言われてるのよアンタは‼」
　「無自覚にもほどがあるでしょ！」と付け足すサキちゃんに、頭の上にははてなマークが並ぶ。
　学園の？　姫？　……私が？

ふっ、ふふっ。
「もうサキちゃんってば、そんな嘘つかれて信じるほど私もバカじゃないよぉ〜」
　いつもの冗談には騙されないんだからっ。
「アンタって、ホント……」
「それにしても……そっか。舜くん、付き合ってる子がいるのかぁ……」
「………もういいわ。教室戻りましょ」
　なにやらげっそりと、疲れた顔をしたサキちゃんは、立ちあがりながらまだブツブツとつぶやいている。
「あー天然って怖い怖い。天使みたいな顔して中身までまっ白ってなに？　天然記念物だわ」
「サキちゃん？　なに言ってるのか聞こえないよっ」
「なにも言ってないわ。あんたはそのままのピュアピュアでいて。あたしが守るから」
「もうっ、さっきから言ってる意味がわからないよぉ……」
「アンタに近づく男がいい奴かわるい奴かは、あたしが見極めてあげるって言ってるの」
「ふふっ、サキちゃんってばまたそんな冗談言う。私に近づく男の人なんていないってば」
「…………」
　なぜかさらにげっそりとした表情になったサキちゃんは、もうしゃべるのも疲れたと言わんばかりに口を閉ざし、教室への道を歩きはじめる。
　結局、ギリギリ授業には間に合い、朝のＨＲが始まった。

あっという間に放課後になり、空もうっすらと暗くなってきた頃。
　今日の晩ご飯、なににしようかなぁ……。
「つーぼーみっ！」
「合コンは行かないよ……！」
「どーうーしーてーよぉおお!?」
　今日も今日とて放課後に私のもとへやってきたサキちゃんは、恒例のお誘いをしに来たようだ。
　言わせるより先に断りを入れると、崩れ落ちるようにして机にしがみつくサキちゃん。
「そうよね！　帰ったらあんな作られたようなイケメンが待ってるんだもん！　親友の頼みなんて聞いてる暇ないわよねぇええ……」
「そ、そういうことじゃなくてっ！　それに舞くんのこともそんな目で見てないよ……」
「なら……」
「でも合コンはやだ……」
　何度言えばわかってくれるのだろうか……毎回断るのも心が痛むし、もうお誘いはやめてほしい……。
　そんな私の心中を知ってか知らずか、懲りることなく誘い続けてくる彼女に、ため息をひとつ。
「アンタもそろそろ、男嫌いどうにかしなさいよ……」
「嫌いってわけじゃないんだよ？　ただ少し、苦手で……それに私、放課後は家のことするって決まってるから……ごめんねサキちゃん」

「うッ……可愛いから許す」
　毎度その、『可愛いから許す』ってなんなんだろう？
　いつも不思議に思っているけど、とにかくわかってくれたようなのでよしとしよう。
　持ち帰るものをカバンに入れ、帰る支度を済ませる。
「それじゃあまたね、サキちゃん！」
　笑顔で手を振ると、残念そうな顔をしながらも手を振り返してくれるサキちゃん。
　心の中でもう一度ごめんねとつぶやいて、私は教室をあとにした。

　和食？　洋食？　男の人って、なにが好きなんだろう？
　そういえば冷蔵庫に調味料もほとんどなかったから、今日はいっぱい買わなきゃいけないなぁ。
　カバンもけっこう重いけど、全部持てるかな……？
　そんな小さい不安をかかえながらも、学校の最寄駅に着き、改札をくぐる。
　わっ……この時間帯でも人多いなぁ……。
　てっきり混んでいるのは朝だけだと思っていたけれど、誤算だった。
　帰りは帰りで、帰宅ラッシュというものがあったことを忘れてた……学生服の密度が高い。
　でも、朝ほど混んでいないから電車には乗れそうっ……。
　乗車する電車が到着し、人波に流されながらも無事に乗ることができた。

ドアの横の手摺りにつかまり、今日の献立を考える。
　せっかくだから、舜くんとシンさんが好きなものを作りたいけど……朝にでも、ふたりの好みを聞いておくんだった。
　お母さんは甘いものが好きだから、よく休日にお菓子を作っている。
　ぎゅーぎゅーと後ろから押されながら、息苦しさを紛らわすよう手摺りにきつくつかまる。
　朝より人は少ないのに、朝よりずっとしんどい。
　朝の電車では……舜くんが一緒にいてくれたから。
　私は、あらためて舜くんがかばってくれていたことに気づいた。
　うっ……苦しい……次の駅でいったん降りようかな……。
　あまりに窮屈な車内、息苦しくなってきて、ぎゅっと目をつぶった。
　……その時だった。
　——え？
　う、嘘……。
　誰かに……触られてる……？
　先程から背中に当たっていた手が、腹部に移動するように、私の肌を這う。
　電車だから、満員だから、少し手が触れるくらい仕方ない。
　そう言い聞かせようにも、その手はあきらかに意思を持って動いているようにしか思えなかった。
　……つ、う。

セーター越しに触れていた手がシャツを潜り、じかにおへそのあたりを触れる。
　しかもその行為はエスカレートしていき、もう片方の手は私の太ももへと当てられた。
　まちがいない……と、思う。これはたぶん、痴漢……？
　そうわかっても、怖くて声が出ない。
　嫌だ、気持ちわるい、やめてっ……！
　心の中で必死に叫ぶのに、体は言うことを聞かず、恐怖のあまり、抵抗することも助けを求めることもできなかった。
　私が抵抗できないのをいいことに、手の動きはエスカレートしていく。
　太ももへと当てられていた手も、腹部を這う手も、同時に上へとあがってきた。
　嫌だ、気持ちわるい、誰かっ……。
　助け、て……っ。
　──ぎゅっ。
　唐突に、握られた手。
　それは痴漢のものではなく、温かく、少し汗ばんだ手のひらだった。
　引っぱられるように手を引かれ、抱き寄せられる。
　胸に顔を埋めるような体勢になり、頭上からは乱れた呼吸が聞こえた。
　顔を見なくともわかった。
　舜くん……？
　私は知ってる、この手のひらの感触。

抱きしめられた時の安心感。
　すべて今日知ったばかりの温かさに包まれ、瞳から涙があふれた。
「つぼみッ……？　大丈夫か？」
「しゅ、ん、くんっ……うぅっ……」
「……っ……くそっ……。もう大丈夫だからな、もっと俺の方に寄って」
　言われるがままに、隙間がなくなるほど舜くんに抱きつき、体重を預ける。
　よかったっ……、舜くんが、来てくれてっ……。
　怖かったっ……。
「おいおっさん、証拠押さえたから。逃げられると思うなよ」
「なっ……わ、わたしはなにもしていない！」
「しらばっくれてんじゃねーぞ。なんなら、この写真SNSに晒しあげて、お前の住所も会社も特定することだってできるんだからな？」
「……ッ」
「今度同じようなことしてみろ……社会的に抹殺してやるから」
「す、すみませんっ、でしたっ……っ」
　携帯を手に取り、舜くんが痴漢相手と思われる男性と話しているのが耳に入る。
　けれど内容は入ってこず、私は恐怖から解き放たれた安心感で、電車の中ということも気にせず泣きじゃくっていた。

ぽん、ぽん、と、一定のリズムで私の頭を優しくたたいてくれる、舜くんの手。
「つぼみ？　１回降りるか？」
　舜くんが、なにか言っている。
　それはわかるのに、頭に入ってこない私は、ただただ舜くんに抱きついた。
「怖かったな、もう大丈夫だから」
「舜、くんっ……舜くんっ……」
「俺はちゃんといるから。つぼみ、電車降りるぞ？」
　なんとなく言ってる意味がわかったけれど、首を何度も縦に振るだけで、相変わらず舜くんに抱きついたまま動けない。
　すると、電車の扉が開き、次の瞬間舜くんに抱きかかえられた。
　舜くんは私を抱っこするようにかかえたまま、ホームの端の方、ほぼ無人の場所にあるベンチへ行くと私を降ろした。
　私を抱きしめる腕が離れていくのを察し、離れないように強く抱きつく。
「やだっ……舜くんっ……」
「わかったから。落ち着くまでこうしてる」
　舜くんは再び私を抱きしめながら、心地よいテンポで頭をなでてくれた。
　あのまま、舜くんが来てくれなかったらどうなっていたかと思うと……怖くて震えが止まらなくて、吐き気がする。
　やっぱり、男の人は怖い……。

……え？

　ちが、う……だって、舜くんも男の人、だよ？

　じゃあ、舜くんは？

　怖い……？　ううん、怖く、ない。
「つぼみ？　落ち着いたか？」
「う、うんっ……」
　──そうだ。

　男の人は、怖くて、嘘ばかりついて、野蛮で……苦手。

　なら、舜くんは……？

　舜くんは、優しくて、温かくて、いつも私を助けてくれて、守って……くれる。

　男の人は、みんな苦手。……ううん、ちがう。

　舜くんに対しては、男の人に感じる苦手意識を持たず接していられる。

　こうして、抱きついたり、触れたりできる、そのことに気づいて、おどろきやとまどいで涙が止まった。
「ご、ごめんなさいっ……私、バカみたいに泣きじゃくって……」
「謝らなくていい。ひとりで怖かっただろ？」
　顔をあげて、目と目が合って気づいた。

　舜くんが、とても心配したように、とても優しい目で……私を見ていたことに。
　──ドキン。

　ど、うし、よう……。心臓がドキドキする。
「助けてくれて……ありがとうございますっ……」

胸の高鳴りを隠すように、舞くんから目をそらす。
　なにこれ……泣きすぎて、体調崩しちゃった……？
　静まらない心臓の音に、キツく目を閉じた。
　いつまでも目をそらしていたら、不自然だと思われる……そう思い、ちらっと舞くんを見る。
　舞くんは困った顔をしながら、私の顔をのぞき込むようにして見てきた。
「いや、俺もわるかった。教室で待っててって、言い忘れてたから」
「……え？」
　なんの、話……？
「帰る場所一緒なんだから、普通一緒に帰るだろ。先帰ってたからマジであせった」
　舞くん……もしかして、一緒に帰ってくれるつもりだったの、かな？
　またもや加速を始める心臓の鼓動(こどう)を無視して、舞くんと目を合わせた。
「私と帰るなんて……迷惑かな、と思って」
「なんで迷惑なんだよ。ひとりで帰って危ない目に遭(あ)われる方が心臓止まるから。案の定(じょう)、あんな目に遭ってるし、これからは俺が教室まで迎えに行くから、絶対待っとけよ？」
　それは、迎えに来てくれる……っていうこと？
　どうして……そこまでしてくれるの？
　一緒に、住んでるから？

家族になるから？
「いいの？」
　人に頼るという行為が、ひどく苦手だった。
　お父さんはどうしようもない人で、お母さんは日々仕事に追われ忙しそうだったから。
　誰にも甘えちゃいけない。
　私は、ひとりでなんでもできる子にならないと。
　そう思って、今まで過ごしてきた。
　なのに……。
「俺がひとりで帰らせたくないんだよ。第一、電車とか危ないし、ひとりだったら、今みたいなことだってまたあるかもしれないだろ？」
　どうしよう。
　舞くんといると、甘えたくなってしまうっ……。
　頼ってしまいたく、なっちゃう……。
　そんなに優しくしないで……という気持ちの反面、彼の優しさに惹かれてしまいそうな私がいた。
　……ん？　惹かれ……？
　……って、ちがう！
　しゅ、舞くんとは、家族になるわけで……。
『姫と王子が付き合いはじめたって!!』
　……そうだ、それに、舞くんには付き合ってる子がいるかもしれないんだよ……。
　チク、と、なにかが心臓に刺さった気がした。
　って、ダメダメ！

舜くんがいくらカッコよくて王子様みたいで、優しいからって……好きになんてなるはずないよ！
　恋愛とかそんなの、やっぱりよくわからないし……。
　正気になれ、私～！
　頬をパチッとたたき、謎の気合を入れた。
「さっきのやつ、どうする？　警察に届けるか？　写真押さえたから、つぼみに任せる」
　言いにくそうに、けれども真剣な表情の舜くん。
　あの短時間に写真まで撮ったんだ……と感心せざるを得ない。
　たしかに、すごく怖かったし、感触を思い出しただけでも鳥肌が立つほど気持ちがわるい出来事だった。
　でも……。
「偽善かも、しれないけど……あの人にも家庭があるんじゃないかって……それを私が壊したくはないし、少し触られただけだから……。今回は、なにもしないってことには……できないかな？」
　同情しているわけではない。
　ただ、今回は、舜くんが助けてくれたから……だから、もうなかったことにできたらって思うんだ。
　どこか納得いかない表情で、ため息まじりに息を吐いた舜くん。
「……ま、つぼみならそう言うと思った。……俺は社会的に抹殺してやりたいけど、今回だけはつぼみの言うとおりにする。……納得いかねーけど……」

「ありが、とうっ……！」
「その代わり、これからは絶対にひとりで帰るなよ？　俺と一緒に登下校な？　わかった？」
「うん！」
　大きくうなずき、微笑みを浮かべた。
「じゃあ、帰るか？」
「はいっ」
「歩けるか？」
　立ちあがった私を見て、心配そうに眉の端を控えめに下げる舜くん。
　その姿が少し可愛くて、おもわず笑みがこぼれた。
「ふふっ」
「なに笑ってんの？」
「舜くん、過保護なお父さんみたい……ふふっ」
「は？　……あっそ」
「きゃっ……！　舜くん!?」
　な、なにっ……！
　突然体が浮き……というのも、舜くんが先程同様、私を抱きかかえたのだ。
　おどろいてジタバタ抵抗する私をからかうかのように、舜くんはイタズラっ子みたいな笑いを浮かべた。
「過保護なお父さんは娘が心配だから、かかえて帰っちゃおうかな」
「う、嘘だからっ、冗談だからっ……下ろしてぇっ」
　まさか舜くんにこんな意地悪な一面があっただなんて……

うぅ。
「バーカ」
「舜くん、意地悪……」
　下ろしてくれたけれど、絶対まわりの人に見えてた……はずかしいよ……。
「うん、俺意地悪だけど？」
　当の本人はまったく悪気のない態度で開き直っていて、私は頬を膨らませる。
　ひ、ひどいっ……！
　そうだ、ひらめいた。
「～っ、舜くん、嫌いな食べ物ありますか？」
　突然そんな質問を投げかければ、目を細めて疑いの眼差(まなざ)しを向けてくる舜くん。
「なんだよ急に。……グリーンピース」
　グリーンピースが苦手なの……？
　不覚にも少し、可愛いと思ってしまった。
「それじゃあ今日の献立はグリーンピース中心にしましょう！」
「は!?　なんだよグリーンピース中心の献立って、おかしいだろ。ていうか絶対嫌だって！」
「ふふっ、必死……」
　仕返しにと思って言った冗談だったけれど、舜くんには効果絶大だった。
「くそ……」
　おもしろくて笑い続ける私に、舜くんはバツがわるそう

な顔でそっぽを向いてしまう。
「……ハンバーグ」
　……え？　ハンバーグ？
「今日の晩飯、ハンバーグがいい」
　おどろいて舜くんの顔をまじまじと見つめれば、頬がほんのり赤い。
　舜くん、ハンバーグ好きなのかな？
　ふふっ。それもなんだか可愛い。
　こんなにかっこいい人に、可愛いだなんておかしいかもしれないけれど、母性本能をくすぐられるような感覚に襲われおもわずドキッとする。
　ハンバーグか……うん、今日の晩ご飯はハンバーグにしよう。
　ようやく今日の献立が決まって、自然と頬がゆるむ。
「はい、おいしいハンバーグ作りますね」
　よーし、今まででいちばんおいしくできるように、頑張って作ろう。
　舜くんはその後もずっと、はずかしいのか電車が来るまで私と目を合わせてくれなかった。
　その姿が可愛くて、私はずっと見つめていただなんて、本人には絶対にヒミツだ。

ふたりきりの５日間

「ん、どーぞ」
「ありがとうございます！」
　舜くんが家の扉を開けてくれて、私を先に通してくれる。
　さりげない紳士の対応に、ひそかにときめきながら、家の中へ入った。
　最寄の駅で買い物をし、ようやく家に到着。
　思ったとおり買うものがとても多くて、袋３つ分もの買い物をしてしまった。
　しかも、「俺が持つ」と言って舜くんが荷物をすべて持ってくれて。
　何度も私も持つよって言ったけど、軽いからと言って任せてはもらえなかった。
　重たいものいっぱい買ったから、軽いわけないのに……それでも舜くんは、平然とした顔で荷物を持ってくれた。
　申し訳ないと思う反面、すごく助かった。
「荷物、台所置いたらいい？」
「はいっ……！　重かったですよね？　ありがとうございます！」
「このくらいなんともないって。俺ってそんなナヨい？」
　少し不機嫌そうに顔をしかめる舜くんに、必死に首を横に振る。
　ナヨいって、ひ弱そうってことだよね……？

「そんなことないです！　舜くんはすごくカッコいいですよ……？」

　たしかにスタイルがいいから細身に見えるけど、手も大きくて体もガッチリしていて、男の人って感じだ。

「ッは？　……あ、そ。……どうも」

「私ひとりじゃカート借りないと帰れなかったです……助かりました」

　笑顔を向ければ、なぜか舜くんは手で口もとを覆った。

　……？

「舜くん？」

「あー……なんでもない。気にしないで」

　……どうしたんだろう？　ヘンな舜くん。

「つーかさ、ずっと思ってたんだけどなんで敬語？」

　唐突にそんなことを聞かれ、ビクッと反応する。

「同い年だろ？」

「あ、はい」

「ほら、今も敬語。タメ口でいいって。ていうかタメ口にして」

　そんな、急に言われても……。

　困って黙り込むと、じーっと見つめられていたたまれなくなる。

　タメ口、かぁ……。

「が、頑張るっ……！」

「うん、頑張って」

　舜くんはそう言って、フッと笑った。

いつからだろうか。
　同い年でも年下でも、男の人に対しては敬語を使うようになったのは。
「あの、ね……私、男の人が苦手で……」
　どうしてそんな話をしようと思ったのかはわからないけど、自然と私は、自分の話を始めていた。
「男の人としゃべるのもしんどくて、いつの間にか敬語で話すように、なっちゃって……」
　急にこんな話しても、舞くん困っちゃうんじゃないかな……？
　そう思うのに、どうしてか舞くんには話したいと思ったんだ。
「でも、舞くんは……苦手じゃないよ？　舞くんは、私が苦手な男の人たちとはちがうから……。舞くんは、特別」
　舞くんの反応が少し怖くて、下を向く。
　すると、優しく頭をぽんっとたたかれた。
「俺、特別なの？」
　予想外の反応に、おどろいて舞くんを見ると、どこか嬉しそうな表情をしていた。
　黙って大きくうなずくと、無邪気な子どもみたいに笑った舞くん。
「やった」
　え……？
　な、なにっ……！
　急に笑顔になった舞くんに、とまどいを隠せない私は、

一瞬目を見開いて目の前の彼を見る。
　意外すぎる一面に、キュンとしてしまった。
　こんなの、ときめかない方がおかしい……！
　今のは完全に舞くんがわるい……っ。
　あたふたしている私をよそに、舞くんはキレイな形をした唇(くちびる)をゆっくりと開く。
「俺も女は苦手」
　ドキッと、した。
　わるい意味で。
　やっぱり……そうだよね……。
「ていうか嫌い。……でも、つぼみは特別」
　再びおどろいて目を見開いた私。
　特別……？　私が？
「私……特別なの？」
　女の子は嫌いだけど、私は、大丈夫でいてくれてる……のかな？
　微笑んで、うなずいた舞くん。
　私はとても嬉しい気持ちになって、さっき舞くんがくれた言葉を返した。
「やったっ……」
　すっごく、嬉しい……。
　口もとがだらしなくゆるむのも抑えられなくて、なんだかもうとても、嬉しい気持ちで胸がいっぱいになって、頬を手で覆う。
　人に肯定されることが、こんなにも嬉しいだなんて思わ

なかった。
「……っ、待って。その反応はダメだって」
「……？　どうしたの？」
「俺、昨日からどんだけ我慢が効く人間か試されてる気がする……」
「え？　え？　どういうこと？」
「……なんでもない。こっちの話」
　ひとりでブツブツとなにか言っている舞くんに、疎外感を感じて眉の端を下げる。
「えー……、私にも教えて……？」
「……上目遣いやめて。ホント無理、あー……」
　ついにはなぜか顔を手で覆い私から距離をとってしまう始末で、私の疑問はますます深まっていった。
　でも、そんな舞くんの姿がちょっぴりおもしろくて、こっそり笑みをこぼしたのだった。

「うわ……すっごいいい匂い……」
　晩ご飯の支度をしていると、先にお風呂へ入っていた舞くんが出てきた。
　リビングに入るなりキッチンへ来た舞くんは、ハンバーグが４つ並んだフライパンを見て目を輝かせる。
「やっべ、うまそう」
「ふふっ、もうすぐできるよ」
　時刻は夜の６時半。
　お母さんとシンさんは同じ時刻に帰ってくるはずなので、

帰宅時間はだいたい8時頃かな？
　ちなみに、ふたりは同じ職場。いわゆる職場結婚だ。
　1年ほど前、お母さんの新しい配属先にシンさんがいて、シンさんはそこの取締役を務めているお偉いさんだったらしい。
　ふたりともひと目ボレだったらしく、しかも同じ境遇、そして子どもである私たちが同い年だったこと……そのすべてに運命を感じ、出会って半年で再婚を決めたそう。
　毎日お仕事たいへんみたいだけど、おたがいの存在が支えになっているみたい。
　すごく素敵な関係だなぁ……。
　今日もお疲れだろうから、帰ってきたらすぐにご飯を食べられるようにしておこう。
「よーし、完成」
「マジで？　親父たち帰ってくんの遅いだろうから、先に食べよ」
「その方がいいかな……？」
「うん。つーか俺の腹が限界、な？　食べよ？」
　う、可愛い……。
　舞くんがキラキラした目で私を見るので、そんなにお腹減ってたんだね……とうなずいた。
　男の子だもんね、舞くんとシンさんの分は多めに作っておいてよかった。
　お皿に盛り付けて、テーブルに並べる。
　舞くんも手伝ってくれたおかげですぐに用意は終わり、

向き合ってテーブルに座った。
「いただきます」
　座るやいなや、すぐさま手を合わせてハンバーグにお箸を伸ばす舜くん。
　私はドキドキしながらその反応を待って、じっと見つめた。
　パクッ。
「……うっまい、幸せすぎる……」
　よ、よかった……。
　お世辞でも嬉しいことを言ってくれる舜くんは、本当においしそうに食べてくれて、こっちまで嬉しくなる。
「ふふっ、大袈裟だよ」
　舜くんの食べっぷりが気持ちよくて嬉しくて、私は食べるのも忘れてその姿を見ていた。
「いやマジで。なんでこんな料理できんの？　俺手料理とかホントに食べたことなかったから、今日の朝感動した」
　そういえば、今日お弁当渡した時もお弁当が憧れだったって言ってた。
「食べたことないの……？」
　まさか、本当に手料理を食べたことがないんだろうか？
「俺の母親料理とかしなかったし、親父もできないから朝はパンで昼は適当に買って夜はインスタントだった」
「そうだったんだ……」
　舜くんから聞かされる過去に、私はそれしか言えず、なんだか切なくなって、小さく切ったハンバーグを口に入れる。
　でも、これはきっと舜くんにとって話したくないこと

だったはず。
　それを、私に話してくれた。
　その事実が嬉しくて、不謹慎にも喜んでいる自分がいた。
　舜くんは、いったいどんな家庭で、どんな風に育ってきたのだろうか。
　今までどんな人たちと出会って、どんな人に……恋をしてきたのかな？
　どうしてか、舜くんのことがとても気になった。
　これから、少しずつ知っていけるかな？
　これから、たくさんの思い出をつくれるだろうか……？
　ううん、ちがう。
　作っていくんだ。
　舜くんと、もっと仲よくなりたい。
　舜くんの、そばにいたい。
「それじゃあこれからは、私がいっぱい作るね」
　こんなことで喜んでくれるなら、いくらでも作ってあげたいっ……。
　私にできることがあるなら、なんでもしてあげたいと、なぜかそんなことを思った。
　笑顔で気持ちを告げれば、食べる手を止め、私と視線を合わせたまま固まる舜くん。
「舜くん……？」
　不思議に思い首をかしげれば、舜くんはうなじに手を当て顔を下げた。
　突然の行動に私はますますわけがわからず、もう一度名

前を呼ぶ。
「いや、気にしないで、大丈夫だから」
　うーん……舜くん、定期的によくわからないこと言うなぁ。
　もしかして、私の理解力がないだけだろうか？
　あ、ありえる。
　よくサキちゃんにもあきれた顔されるし、私は少し、理解力を鍛える必要がありそうだ。
　でも、理解力ってどうやって鍛えるんだろう？
　うーん……難しい。
「なに百面相してんの？」
　私の顔を見て笑った舜くんに、はずかしくなって頬を手で覆った。
　わ、私、そんなヘンな顔してたかな……!?
　うぅ……はずかしい……。
　そんな私とは反対に、まだ笑いが収まらないのか口角があがりっぱなしの舜くん。
　もう、笑わないで〜……。
　はずかしすぎて穴があったら入りたい気分になったけれど、なんだろう、胸のあたりが温かい。
　なんていうか、誰かと食事するのって楽しいな。
「こういうの、いいね」
　私の言葉に、先程まで笑っていた舜くんがポカンとした顔になる。
　なに言ってるんだ？とでも言わんばかりの表情に、今度は私が笑った。

「私、いつも晩ご飯はひとりだったから、一緒に食べてくれる人がいるって……楽しいね」
　お母さんはいつも帰りが遅くて、私が寝たあとに帰ってくる日もあった。
　先に食べてなさいと言われ、いつも夜ご飯はひとり。
　でも、これからは舜くんがいるんだ。
「家族が増えるって、素敵だなぁ」
　あらためて思ってたことが、声に出ていた。
「家族、か……」
　この発言のどこが、舜くんの気に障ったのかはわからない。
　けれど、先程まで柔らかい雰囲気だった舜くんのオーラが変わったのを、私は感じたのだ。
「なぁ……つぼみさ……」
　舜くん？
　持っていたお箸を置いて、真剣な瞳で私を見つめる。
　キレイな瞳に見つめられた私は、体が固まったように動けなかった。
　私と舜くんの間に、つかの間の静寂が流れる。
「俺、男だよ？」
　──え？
「舜くん……？」
　舜くんが、男？
　そ、そんなの当たり前じゃ……。
　声が、出ない。
　舜くんの手が、私の方へ伸びてくる。

動けない私は、その行く末を見守ることしかできなくて。
　あと少し。舜くんの手が、私の頬に触れる……その、直前だった。
　──ガチャッ。
　玄関の扉が、勢いよく開かれる音が響いたのは。
「ただいまぁ～！」
　その音のあとに、お母さんとシンさんの声が続いた。
　舜くんの手が、私から離れる。
　……っび、ビックリした……。
「お、おかえりなさい、ふたりとも！　早かったね！」
　あわてて立ちあがり、ふたりをリビングへ迎え入れる。
　な、なんだったんだろう……今の。
「ご、ご飯できてるよっ？　すぐに食べる？」
　動揺を隠すように、ふたりに微笑みかけた。
　一方、舜くんはひと言も言葉を発さない。
　そして、なぜかお母さんとシンさんも、浮かない顔で私たちを見つめていた。
「つぼみちゃん、舜……」
「ふたりとも……大事な話があるの」
　み、みんな揃って、なんだかすっごく嫌な空気……！
「ど、どうしたの？」
　私はこの空気を変えるべく、少し不自然なほどの微笑みを浮かべ、お母さんとシンさんを見た。
「じつは、本当に急なんだけれど……」
「……？」

「お母さんとシンさんね、明日から5日間、出張に行かなきゃいけないことになったの……」
　……出張？
　5日、間？
　──ガタッ！
「は？」
　突然立ちあがった舜くんは、ありえないとでも言うような表情でお母さんとシンさんを見る。
「5日間って、突然すぎるだろ……」
「いやぁ……すまない、どうしても商談で行かなくてはいけなくて……」
「突然で本当にごめんなさいね……」
　あせったように髪を掻く舜くんと、申し訳なさそうなふたり。
　なんだか、わるい雰囲気だけれど……。
「お仕事なら仕方ないですよね。頑張ってきてください」
　お母さんが家を空けるだなんて、よくあることだったもの。
　ひとり笑顔を浮かべれば、おどろいた表情の3人の視線が私に集まった。
「えっと……つぼみちゃん、いいのかい？」
「そうよつぼみ、私とシンさんがいないのよ？」
　……？
　なにが、ダメなの？
　あれ？　もしかして、私だけなにかわかってない？
　まさか、理解力不足がこんなところでまた発揮されて

るっ……!?
　アタフタしはじめた私に、舜くんがひと言。
「つぼみ、意味わかってんのか？　昨日会ったばっかの奴と５日間ふたりきりってことだぞ？」
　え、えっと……。
「う、うん、わかってるよ？　舜くんとふたりってことだよね？」
「私とマスミさんがいなくて、心細くないかい？」
「つぼみ、人見知り激しいでしょ……？」
　どうやら、みんな私の心配をしてくれていたみたい。
「私は大丈夫だよ？　だって、舜くんがいるもんっ！」
「……っ」
　ひとりだったら心細いけど、舜くんがいるなら安心！
　言い放った私に、お母さんとシンさんは不思議なものを見るような目で私と舜くんを見た。
「えっと……それならいいんだけれど……」
「ずいぶん仲よくなったのね……？」
「うん！　舜くん、すっごく優しいのっ……！」
　笑顔でうなずく。
「あはは、そうか。ふたりが仲よくなってくれて嬉しいよ！」
「ホントね～！　お母さん、安心したわ！」
　ふたりとも安心してくれたようで、私まで嬉しくなった。
　そっかぁ、５日間舜くんとふたり……うん、大丈夫だよね！
　舜くんがいてくれたら、安心だもん……。

この時の私は、とくになにも気にしていなかったため、気づかなかった。
「ふたりは……ヤバいって……」
　この空間でたったひとり。
　舞くんだけが、ふたりきりの５日間のスタートに、とまどっていたことを──。

初恋 side舜

　女は嫌いだ。
　わがままで嘘つきで心の中が醜(みにく)くて香水臭くて……人の外見しか見ない。
　女への偏見(へんけん)がここまで膨らんでしまったのは、まぎれもなく母親の影響。
　家庭を顧(かえり)みず遊びほうけ、父親が単身赴任(ふにん)だったのをいいことに毎夜ちがう男を家に連れ込んでいた。
　母親が大嫌いだった。
　その延長で、女という生き物が大嫌い。
　女は全員、信用できない醜い生き物。
　そう、思っていた。
　──つぼみに、出逢うまでは。

　翌日の朝。
「それじゃあ行ってくるわね〜！」
「ふたりとも、なにかあったらいつでも連絡するんだよ」
「はい。頑張ってくださいね。いってらっしゃい」
　笑顔のつぼみに見送られ、スーツケース片手に家を出て行ったマスミさんとバカ親父。
　俺は「いってらっしゃい」だなんて微笑みで見送れる気分ではないので、マスミさんに会釈だけした。
　今日から５日間、つぼみとふたりきり。

……いや、無理だろ。
「私たちもそろそろ行く？」
「……あぁ」
　可愛らしく首をかしげて聞いてくるつぼみに、それだけの返事を返す。
　家を出て他愛もない話をしながら歩き、駅について電車に乗る。
　昨日と同じように、つぼみが苦しくないよう扉に寄せて、まわりの奴とぶつからないように囲った。
　……危ないからな。
　昨日は本当に、心臓が止まるかと思った。
　当たり前のように一緒に帰ると思っていた俺は、授業が終わってすぐにつぼみの教室に向かった。
　しかし、つぼみの姿が見当たらない。
　嫌な予感がし、教室を必死に見渡した俺に、ひとりの女が近づいてきて……。
『も、もももしかして、時田つぼみをお、おおおお探しで？』
『……あ、うん』
『や、やぁっぱり!!　つぼみならあの、さ、さささっき帰りましたよ!!』
　どうしてわかったのかとか、そんなことも考える余裕がなくなるほど、あせった。
　ひとりで帰った？　っ、あのバカ……。
　あんなちっこくて警戒心なさそうな生き物が、ひとりで

電車に乗るなんて危なすぎるだろ。
　走って追いかけ、電車に乗るつぼみが見えたので、あとを追うように乗り込んだ。
　急いで駆けつけると、案の定つぼみに近づく黒い影。
　頭にカッと血が上り、相手の男の手をつかんだ。
　今すぐどうにかしてやりたかったが、それよりも怯え きっているつぼみが心配だった。
　かわいそうに、泣きじゃくって震えるつぼみを見て、俺がどれだけ怒りを覚えたか。……相手の、男に。

　もう絶対、あんな目に遭わせてたまるか。
　俺がそんなことを思っているなんて知る由もないだろうつぼみは、なにやらじっとこちらを見つめてくる。
　体格差のせいで、必然的に上目遣いになっていて……。
「どうした？」
　照れをごまかすようにそう聞けば、ニコッと微笑むつぼみ。
「ううん、舜くん、背が高いなぁって思って」
「あ、……そ」
「私も舜くんくらいおっきくなりたいなぁ……」
　俺くらい？
　……俺、男の中でも高い方だと思うんだけど。
　つぼみは賢いはずだし、礼儀はあるが、たまにおかしなことを言う。
　そんなところも可愛くて、おもわず笑ってしまった。
　学校に着き、つぼみを教室まで送る。

その後、自分の教室に向かった。

「おっはよー！」
　入るやいなや、後ろから飛びついてきたうるさい声。
　……うざい。
「……なんで学校来てんのお前？　風邪なんだろ？　帰れよ」
「なんだよつめてーな！　もう治ったし！　ほんっと、大丈夫だったか？くらい言えねーのかよお前は‼」
　東優介。うるさい声の張本人で、いわゆる腐れ縁のクラスメイト。
　昨日まで優介が風邪で欠席していたから、静かに過ごせていたというのに、復活してしまったのか。
「って、んなことどうでもいいんだった！　お前どういうことだよ‼　姫と付き合ってるって‼」
　どうやら、その噂は学園中に広まっているらしい。
「お前に関係ない」
「なんでだよぉおお‼　親友だろ‼　言ってくれてもいいじゃねぇかぁああ‼」
「うるさい、黙れ」
「いーや！　俺は黙らねえ‼　どうやってあの姫を落としたの‼　なんで‼　いつからだよぉおお‼」
「うるさい、消えろ」
「お前、今まで姫の話題に食いつかなかったくせに、影でコソコソと……俺なんて話したこともねーのに……これは

裏切りだ!!」
「……うるせぇ、死ね」
「ついに死ねとか言ったよコイツ！　最低！」
　あー……騒がしい。
　こんなハイテンションで、疲れないのかコイツは。
　まあ……いなかったらいないで、寂しいんだけど……。
　そんなことは、はずかしいしキャラじゃないので口には出さず、無視して席につく。
　それにしても……俺と、つぼみが付き合ってる、か。
　ていうか、前から思ってたけど、姫ってなんだ……。
　つぼみのあだ名を聞くたび、心の中がいつもおだやかではなかった。
　ほかの男にそう呼ばれているのが気に入らないっていうのもあるけれど、いちばん大きな理由として、つぼみにその名は似合わないと思っているからだ。
　……いや、わかってる。
　その理由も、つぼみの可愛さも、俺がいちばんわかっているつもりだ。
　つぼみは本当に可愛いし、優しい。
　騒がれるのが嫌で、"容姿を隠していた"俺にも、平等に接してくれたつぼみ。
　ほかの女とはちがう。見た目で人を判断しない。ひとりの人間として俺は、つぼみが好きだ。
　いつからかとか、そういうことはまあ置いといて……。
　俺にとって、姫というワードはわがままな女を連想させる。

甘やかされて育った世間知らずの女、というイメージ。
　だから、つぼみとは似ても似つかないし、かけ離れている。
　そうだな、強いて言うなら……天使とか、妖精？
「うわ、俺気持ちわる……」
　自分の思想に鳥肌が立ち、おもわず声が出た。
　いくら想いが深いからといって、自分にそんな思考があっただなんて……ヤバい、本気で自分がキモい。
　けど、本当にそのとおりだ。
　つぼみは、俺にとってはそのくらい可愛くて、大切で、愛しい存在。
「なにが気持ちわりーの？」
「……なんでもない」
　どうやら、まだ俺につきまとっていたらしい優介。
「いやー、でもマジビビったわ……まさか舜と姫がなぁ～。お前女嫌いなのに、どういう風の吹き回しだよ」
「…………」
「だんまりですかぁ～そうですかぁ～。チッ、つれねー奴。でも俺、姫はてっきりコウタ先輩と付き合ってんのかと思ってた」
　……チッ。
「その名前を出すな」
「おおっと、食いついた？　いやだって有名じゃ～ん！　舜が入学するまでは一部から王子って呼ばれてたらしいし？ 完全無欠の生徒会長がアタックしてるって、校内じゃ知らない奴いねーだろ」

おもわず舌打ちしそうになった聞き覚えのある名前。
　優介は、反応した俺にこれでもかと突っかかってきて、うざったいったりゃありゃしない。
　前々から、噂は俺の耳にも入ってきていた。
　生徒会長の、コウタとかいう男が、姫をねらっている、と。
　どうやら校内でも１、２を争うモテ男らしく、今まで女の影はなかったことも重なり、噂は瞬く間に広まったそう。
　……あせったに、決まってる。
　でも、どうやら今は俺と付き合ってると噂になっているようだし……とりあえず、今は俺の方が優位なはずだ。
　付き合っているという噂を、否定するつもりはない。
　いずれ……そうなる。
　絶対に、俺は——。
　強く思った言葉を飲み込み、誰にも気づかれないよう、瞬きに紛れさせるように目を閉じた。

　放課後になり、つぼみを迎えに行って帰宅する。
　スーパーに寄って食材を買う時、昨日同様なにが食べたいかとたずねられた。
　俺が答えたのは、オムライス。
　案の定、つぼみには少し笑われてしまったが、出てきた料理は格別にうまかった。
　最初につぼみの料理を食べた時は、本当におどろいたものだ。
　料理までできるのかと、惚れ直した。

しかも、今まで食べたなによりもうまかった。
　手料理なんて知らなかった俺は、とても感動したのだ。
　こんなうまいものを毎日食べていたら、もう前のような食生活には戻れない。
　コンビニ弁当とかインスタントとか、食べられなくなりそ……。
「えへへ……よかったらおかわりもあるから、いっぱい食べてね」
　照れているのか、はずかしそうに頬を赤らめ、控えめに俺を見たつぼみ。
　そのしぐさというか、行動が可愛すぎて、飯を喉に詰まらせそうになった。
　大丈夫か、俺……。
　もうすでに抱きしめたいとか思ってる時点で、アウトだと思う。
　今日から５日間、ふたりきりだぞ？
　初日からこんな、理性がグラグラで大丈夫なのか……。
「それにしても、雨ひどいね。帰ってきてから降りだしてよかった……」
「台風来てるみたいだな」
「怖いね……。昨日の天気予報、外れちゃった……」
　そう言って肩を落とし、しょんぼりする姿も可愛い。
　……って、ちがうだろ。
　ため息をつきたいほど、自分にあきれてしまう。
　つぼみといると、考えのうち８割くらい可愛い可愛いっ

て思ってる気がする……。
　俺は本来、そんなキャラではない。
　むしろ今までは冷めた方の人間で、感情が特別乱されることもなかった。
　人間は恋をするとこうも変わるのかと思うと、あきれを通り越して笑えた。
　しかも、今の自分が嫌いじゃないと思ってるあたり、俺はもう取り返しがつかないほどにつぼみのことが好きなんだろう。
「雷注意報……」
　テレビを見ながら、復唱(ふくしょう)するようにつぶやく。

　ご飯を食べ終わり、洗い物を済ませてからつぼみは風呂に行った。
　洗い物くらい俺がすると言ったのだが、料理をするなら最後まで、がポリシーらしい。
　できすぎた女性だと思う。
　俺なら、家事なんてやりたくない。つーかできない。
　ゴロオオっと、雷の音が響く。
　天気、本格的にわるくなってきたな。
　もしかすると、明日は休校になるかもしれない。
　そんなことを思いながら、ソファに寝転び雑誌を読んでいたが、浴室の方からひどい物音が聞こえた。
　……つぼみ!?
　急いで駆けつけ浴室の前に来たが、これ……開けたらダ

メだよな。
「つぼみ！　すごい音したけど大丈夫か!?」
「……っ」
「開けて大丈夫!?」
　返答がない。……仕方ないか。
　開けていい状況であることを祈り、扉を開ける。
　そこには、なにかの振動で落ちたと思われる漂白剤や洗剤と……隅っこで、うずくまるつぼみの姿があった。
「つぼみ!?　どうした？　大丈夫か？」
「……っ、しゅ、舞くん……」
　いったいなにがあった……!?
　駆け寄って、肩に手を優しく添えれば、怯えたように震えながら、俺の方を見たつぼみ。
　——ゴロロロロッ！
「っ」
「……ッ、つぼみ!?」
　雷が鳴り響き、それと同時に、つぼみが俺に抱きついてきた。
　一瞬、パニックになる俺。
「か、かみ、なりっ……」
「……あ、怖いのか？」
　冷静を保ちそうたずねれば、何度もうなずくつぼみ。
　……なるほど。
「大丈夫大丈夫。そんなに近くで鳴ってねぇし、落ちないから」

背中を擦りながら優しくそう言えば、首を何度も縦に振るつぼみ。
　再び雷鳴が聞こえ、つぼみがビクッと体を震わせた。
　不覚にも可愛いなんて思ってしまう俺は、もう重症（じゅうしょう）だ。
「とりあえずリビング行くか？　ここにいたら冷えるだろ？」
　つぼみはなにも言わず、必死に俺にしがみつきながらただ首を1度だけ縦に振る。
　どうやらこの体勢から動けないようで、俺は抱きしめながらつぼみをかかえた。
　そんなに怖いのか？
　雷のなにが怖いのかまったくわからないが、体を小さく縮こませながら震える姿はまるで小動物のよう。
　あー、堪（こら）えろ。
　理性という理性をフル活動させ、俺は平然を装った。
　濡れた髪から、シャンプーの匂いがする。
　同じもん使ってんのに、なんでこんないい匂いすんの……。
「つぼみ、いったん下ろすぞ？」
　リビングのソファに戻ってきて、ゆっくりとつぼみを下ろす。
　いったん離れよう、じゃないとマズい。
　なにがマズイかって、それは聞かないでほしい。
「や、ダメっ……」
「……っ、つぼみ？」
　息が、止まるかと思った。
　つぼみを座らせて抱きしめる手を離したとたん、つぼみ

が再び抱きついてきたのだ。
「お、お願いっ……」
「大丈夫だって、な？　ちゃんと隣にいるから」
「ぅ、ぎゅーってしてちゃ、ダメ？」
　風呂あがりで、火照った頬。
　うるんだ瞳、垂れた眉。
　弱々しい力で俺にしがみつく、小さな手。
　こんなの生殺しだッ……。
「……ん」
「あ、ありがとうっ……」
　これでもか、と、強く抱きしめた。
　いろんな感情がぐるぐると駆け巡り、つぼみの首筋に顔を埋める。
　なんだこれ、無理……だろ。
　こんなの、5日間も耐えられないッ……。
　せめて親父とマスミさんがいれば、歯止めも利くし安心なのに。
　好きな女に抱きつかれて平然でいられるほど、俺は大人じゃねーよッ……。
「しゅん、くん？」
　強く、強く抱きしめる。
　俺の異変に気づいたのか、つぼみが名前を呼んできた。
　わかってる。
　付き合ってるだなんて噂されてるけど、俺たちは付き合ってなんていない。

所詮（しょせん）は俺の片想いで、つぼみは俺のこと、新しい家族としか思ってない。
　でも、なぁ、俺は……。
「つぼみ……」
　頼むから、そんな無防備な瞳で見つめないで。
　つぼみは、わかってない。
　自分が、どんな目で見られてるか……。
　俺がお前を、どういう目で見てるか──。
「舜くんは、あったかいね。安心する……」
　俺の胸に顔を預け、そんなのんきなことを言うつぼみ。
「バカ、煽（あお）んな」
「え……？」
　つぼみは男が苦手で、でも俺には警戒心を解いてくれているから、ゆっくりと距離を縮めていこうと思ってた。
　けど、無理だ。
　こんな……男として見られてないみたいな扱い、耐えられない。
「なぁ、つぼみ」
「ん……？」
「……俺が男ってわかってる？」
　雷の音が、鳴り響く。
　けれど、つぼみはおどろくことも震えることもしなかった。
　雷よりも、ほかのことにおどろいていた。
　つぼみが、顔をあげる。
　目を見開いて俺を見て、そして、小さな唇が開かれた。

「黒石(くろいし)くん……？」
　——ああ、そうだったか。
　俺も、今思い出した。
　あの日、最後に言葉を交わした日、俺がつぼみに告げた最後の言葉は——。
『時田さ……俺が男ってわかってる？』
　——覚えて、たのか？
　俺とつぼみが見つめ合い、まるでこの空間だけが、時を止めてしまったようだった。
　雷はもう、鳴ることはなかった。

0 2 ♥ ROOM

とまどう心

　初恋は、中学1年の夏。
　男の先輩に囲まれているところを、助けてくれた同じクラスの男の子。
　当時お父さんのことで男性恐怖症状態だった私が、唯一仲よくしていた男の子だった。
　放課後、図書館で会える時間が、私は大好きで――。
　――でも、ある日。
『時田さ……俺が男ってわかってる?』
　彼はそう言って、図書室から出ていった。
　そして次の日、彼はお別れも言わずに転校してしまった。
　初めて声を聞いた時、どこかで聞き覚えがあると思ったんだ。
　でも、名字もちがうし、身長だって、見た目だってすごく変わってたから。

「黒石くん……?」
　……嘘。だって……似ても似つかない。
　変わりすぎてて、でも、この声は。
「……っ、覚えて、たのか?」
「どう、して……っ、だって、苗字が……」
　ちがうの?
　お父さんについてきたなら、変わらないはずでしょう?

「俺の父親、婿養子(むこようし)だったから、黒石は母親の姓」
　舜くんの言葉に、そうなんだ……と納得する。
「……俺のことなんか、忘れてると思ってた」
　舜くんは、少し苦しそうに、けれどとても嬉しそうに、笑った。
「忘れるわけないよっ……！　私、急に転校しちゃったからもう会えないんだって思って、すっごく悲しかったんだもんっ……」
「ごめんな？　本当に突然決まったんだ。離婚が決まってそのまま。つぼみにはちゃんと伝えたくて最後に学校に行かせてくれって頼んだけど……ダメだった」
「そう、だったんだね……」
「つーか……俺、メガネかけてたし、モサかったのによく覚えてたな。絶対忘れられてると思ってた」
　たしかに、今とは雰囲気がぜんぜんちがった。
　けど……。
「忘れるわけないよ！　初恋だったんだもん……！」
　初めて好きになって、しかも急にどこかに行っちゃったんだよ……？
　ずっと想い続けていたわけではないけれど、忘れられるはずなかった。
　あの恋は、私にとって初恋で、人生で唯一の恋だったから。
「……え？　初恋？」
　おどろいたようにそう聞き返す舜くんに、コクっとうなずく。

そして、私は気づいた。
　……わ、私、とんでもないこと告白しちゃったっ……！
「ち、ちがっ、今のはっ……」
「へぇ、つぼみの初恋って俺なの？」
　はずかしくて、顔に熱が集まるのがわかる。
「あの、私まだ、ビックリしてて、黒石くんと舜くんが同一人物だなんて、だから……」
「だから？」
「だから、その……」
　ニヤニヤと、意味深な笑みを浮かべながら私を見つめる舜くん。
　いたたまれなくなって、私は視線をそらす。
「ごめんつぼみ、ちょっといじめすぎた」
「しゅ、舜くんの意地悪……」
「まさか、つぼみの初恋が俺だなんて思わなかった」
「そ、それは……忘れて！」
「絶対嫌」
「しゅ、舜く――」
「俺もだよ」
　……え？
「俺の初恋も、つぼみだよ」
　おどろいて顔をあげれば、真剣な眼差しを私に向ける、舜くんの姿。
　その目には、先程までのからかいや冗談が混じっているとは思えなくて……。

ゴクリ、と、息をのむ。
「ずっと、つぼみが好き」
　なっ……！
　そ、んな、告白みたいに……。
「わ、私たち、両想いだったんだね、ビックリ……あはは……」
「だったじゃない。俺は、今も変わらないよ」
「……舜くん？」
　どうし、よう……。
　視線を、そらせない……。
　困惑して、あまりの急展開についていけない。
「ま、待って舜くん……！　たしかに、黒石くんのことを好きだったのはホントだよ？　でもね、急にいなくなって寂しくて悲しくて、私は必死に忘れたの……それに、私たち、家族になるんだよ？」
「それは親父とマスミさんだろ？　血は繋がってないから問題ない。そんな理由で、俺を拒まないで」
「で、でも……」
「今は俺を好きじゃなくても、絶対に好きにさせてみせる」
　待って待って……待っ、て。
　ぜんぜん頭がついていかない。
「そ、それに舜くん、ずっと好きな人がいるんでしょ……？　付き合ってる子がいるって、噂で聞いちゃったよ？」
　そうだ……サキちゃんから聞いてしまった話。
　それが事実なら、今の状況はおかしすぎる。

私の質問に、舜くんははぁ……とため息をついた。
「つぼみ、俺の話聞いてた？　だから、そのずっと好きな人がつぼみだよ」
「……っ、え？」
「それと、付き合ってる奴なんかいない。ていうか、つぼみは今俺と付き合ってるって噂みたいだけど？」
「えぇ!?」
　な、なんでっ……！
　えっと、それじゃあ、サキちゃんが言ってた、好きな人っていうのが……私だってこと？
　そん、な……。
　顔が、みるみるうちに赤くなるのが、鏡を見なくともわかった。
　はずかしくて舜くんの顔なんて見られなくて、今すぐどこかへ逃げてしまいたい。
「俺の気持ち、わかってくれた？」
「どうして、そんな、急に……」
　昨日まで、そんな素振りも見せなかったのに。
　初めて会った時、初対面の人みたいに挨拶してきたのに……急に告白なんて。
「本当はもっとゆっくり、距離を縮めていこうと思ってたんだ。……過去のことだって、言うつもりはなかった。高神舜として、つぼみに好きになってもらおうって決めてた。……けどやっぱり、つぼみがこんなに近くにいて、気持ちを抑えるなんてできない」

真剣な眼差しに見つめられると、もうなにも反論できなくなる。
「それに……俺のこと覚えててくれてて、しかも初恋だったとか言われたら、もう俺我慢なんかできないから。全力で落としにいく」
「落とす、って……」
　そんなこと言われても、私、どうしていいかわからないよ……。
　頭の中がいっぱいいっぱいになって、ぎゅっと目をつぶる。
　すると、頬になにかが触れる感触がした。
　ちゅっ、と、可愛らしいリップ音が響く。
　──え!?
　い、今、舜くんはなにをっ……！
「今日はこれで我慢してあげる。これでもめちゃくちゃ我慢してる方だからな？　あんまり可愛いことしたら……次はここにする」
　私の唇に人さし指を当てて、舜くんはニヤリと笑った。
　な、なっ……。
「急に、き、キスなんてっ……ひどいっ……！」
「ほっぺただろ？　言っとくけど、付き合ったらもっとすごいことするから」
「つ、付き合わないよっ……！」
「はいはい、すぐにこの可愛い口に、俺のこと好きだって言わせてやる」
　舜くん、どうしちゃったのっ……。

さっきから、なんだか別人みたいになっちゃった舜くんに、私はどうしていいかわからず顔を背ける。
「急に告白とかしてごめんな？　今日はもうなにもしないから、機嫌直して？」
「お、怒ってるわけじゃないよ……？　ビックリして……」
　「ホントに？」と捨てられた子犬みたいな目で見られて、なんだかわるいことをしてしまった気分になる。
　コクリと首を縦に振ると、舜くんは安心したように笑った。
「よかった。それじゃあ、遠慮なくアタックしようかな」
「そ、それは……！」
「早くいい返事もらえるように、俺、頑張るから」
　ダメだ……もう、なにを言っても聞いてくれる気がしない……！
　今の舜くんと話しても、私が言い負かされるだけだと気づき、ソファから立ちあがる。
「～っ、今日はもう寝ます！」
　そう言って、部屋に戻ろうと足を一歩踏みだした時。
　──パシッ。
「おやすみ」
　腕をつかまれ、頭をポンっとなでられた。
「～っ、おやすみなさい……」
　今の瞳は、なに……。
　まるで愛しくてたまらないって瞳で見つめられ、優しく微笑まれた。
　心臓がうるさい。

でも、これは、舜くんがヘンなことばっかり言うからで……。
　ちがう、私は、舜くんのこと……。
　好きだなんて……わからないよぉ。
　部屋に戻って、ベッドにダイブする。
　冷静になって、整理しよう。
　舜くんは、お母さんの姓が黒石で、私の初恋の黒石くんだった。
　舜くんはその頃から私を、想い続けてくれていたってこと……？
　噂のずっと好きな子というのも、付き合っている子というのも、私のことで……。
「ど、どうなってるの……」
　もう、整理しても理解できなくて、なにがなんだかよくわからない。
「ダメだ。今日はもう寝よう……」
　うん、そうだよ、それがいちばん。
　もしかするとこれは夢かもしれない。目が覚めたら、舜くんはいつものクールな感じに戻ってるはずだ。
　どうか今日の出来事が、すべてなかったことになってますように……!!
　私は布団に潜って目を閉じて、神様にそう祈った。

　朝目覚めてご飯の支度を済ませ、ひとりでは起きられない舜くんを起こしに行く。

ノックを3回して部屋に入ると、気持ちよさそうに眠っている姿が。
　　わっ……寝顔、キレイだなぁ……。
　　ため息が出ちゃうほど、整った舜くんの顔。
　　目が切れ長だから、起きている時はカッコいいという表現が似合うけど、今は美しいって言葉の方が合う気がする。
　　決して女々しいと言うわけではなく、中性的な儚さを感じた。
　　……って、見惚れている場合じゃない！
　　よーし……。
「舜くん、起きて〜」
　　優しく揺らすと、「んッ……」と不機嫌そうな声を漏らす舜くん。
　　舜くんは低血圧みたいで、起きてすぐはすっごく不機嫌だとシンさんが言っていた。
　　閉ざされた目がゆっくりと開き、舜くんの視界に私が入る。
　　舜くんは不機嫌だった表情を一変させ、優しい笑顔になった。
　　ドキッと、胸が音を立てる。
　　舜くんの笑顔に目が離せず、ぼーっとしてしまった私は、次の瞬間抱きしめられた。
　　……え、ええっ……！
「つぼみ……おはよ」
　　耳もとで甘い声でささやかれ、固まる。
　　ダ、ダメだった……この状況ってことはやっぱり、昨日

の出来事は現実のままだー！
「は、離して舜くんっ……！」
「ん～……もうちょっとだけ、充電させて」
「充電って……な、なにを？」
「つぼみ」
　もう、サッパリ意味がわかりません……。
　私はもう振り払う気力も湧かなくて、この状況に頬を染めることしかできなかった。

王子様vs王子様

　学校に着いて、教室まで舜くんが送ってくれる。
「送ってくれてありがとう」
　舜くんの顔を見ながらそう言えば、ニコッと微笑まれた。
　そして、頭をポンっと優しくなでられる。
「また放課後な？」
　そう言い残して、舜くんは去っていった。
　笑顔が、甘すぎるっ……。
　今朝から、ずっとこの調子の舜くん。
　いつもよりスキンシップは多いし、電車の中ではわざとかわからないけど耳もとでささやいてくるし、もう私の心臓がもたない……。
　なんだか溶けちゃいそうで、両頬を手で覆った。
　顔の熱は引きそうにないので、あきらめて教室に入ろうかと思った瞬間、何者かが私に飛びついてくる。
　なんという、デジャビュ……。
「ちょっと!!　どうなってんのよぉお!!」
　その正体はもちろんサキちゃんで、顔を強張らせて私に迫ってきた。
「さ、サキちゃんおはよう……」
「おはようじゃないわよ!!　なにあのあっまい雰囲気!!　説明しなさいよ!!」
「な、なにもないよ。ホントになにもない……」

まさか告白されただなんてはずかしくて言えなくて、その後もしつこく聞いてくるサキちゃんをなんとか流す。
　あ、そういえば……。
　サキちゃんとは、中学から一緒の友達。
「サ、サキちゃん、聞いて……！」
「なによ！　ついに話す気になった!?」
「そ、その話じゃなくてね……あの、中学の頃に転校しちゃった、黒石くんって覚えてる？」
　そう、サキちゃんなら、この衝撃をわかってくれるはず。
「あー……ね、覚えてるわよ。ビン底メガネで前髪なっがい、いつの時代よって感じのガリ勉でしょ？　そういえば一時期、アンタたちが仲いいって噂になってたわ」
　覚えてた……！
　それにしても、印象わるいなぁ……あはは。
「じつはね、黒石くんって、舜くんだったの！」
「は？」
　私の言葉に、なに言ってんだコイツ……と言わんばかりの顔をするサキちゃん。
「だからね、舜くんの前の名字が黒石で、舜くんはあの黒石くんだったの！　ビックリだよね？」
　もう一度詳細にそう伝えると、一瞬、サキちゃんが固まる。
　数秒してから、バカにしたように笑った。
「んなわけないでしょ？　あの黒石がどうなったらあんなスーパーイケメンスタイリッシュボーイになるのよ。顔から身長からスペックの高さから、なにからなにまでちがい

すぎるでしょ？　同一人物？　はぁ？　冗談も大概(たいがい)にしなさいっ!!」
　「それよりもあの甘い雰囲気はなに!?　なんなの!?」と、怒り狂ったサキちゃんの姿に、私は小さくため息をついた。
　信じてくれてない……しかも、話が戻っちゃった。
　問い詰めてくるサキちゃんを、どうにかこうにかスルーし続けること数回。
　4限目が終わった頃には、サキちゃんもあきらめたのか聞いてこなくなった。
「誰か資料運ぶの手伝ってくれないかぁ～」
　授業が終わり、先生が困ったようにクラスの生徒へ声をかけていた。
　クラスメイトたちは聞く耳を持たないどころか、先生を無視してさっさとお昼ご飯を食べはじめている。
　か、かわいそう……。
「私でよかったらお手伝いしますよ……！」
「あぁ時田、助かるよ……！　いつもありがとうな、手伝ってくれる生徒はお前だけだ……」
「いえいえ、運ぶくらいならいつでも……」
　泣きマネをしながら目を向けてくる先生に、微笑みを返す。
「さっきとったアンケートを、生徒会室に持っていってほしいんだ」
「わかりました」
　私はサキちゃんに先にご飯を食べててとお願いし、アンケートの資料を持って生徒会室へと向かった。

えーと。生徒会室、生徒会室……。
　たしか2号棟(とう)の2階だったよね……？
　それにしても、このアンケートはいったいなんだったんだろう？
　学園祭への意見とか、普段の授業についてのアンケートだなんて……こんな時期に必要？
　首をかしげながらも、2号棟の2階に着き、生徒会室を探す。
　えっと……あ、私、方向音痴なんだった……！
　たしか、噂でこのあたりにあると聞いたのだけれど、一向に見つからない。
　あれぇ……？　2号棟じゃないのかな……？
　なんだか、不安になってきた時だった。
「キミ、どうしたの？」
　背後から、声をかけられたのは。
　中性的な、高めのハスキーボイス。
　男の人だとわかり、おそるおそる振り返る。
　う、わぁっ……。
　甘い香りがしそうな雰囲気を醸(かも)しだすスウィートフェイスに、パーマがかったサラサラのミルクティーヘア。
　制服をキチッと着こなし、スラリと伸びた脚(あし)が、スタイルのよさを引き立たせている。
　まるで現代に舞い降りた"王子様"のような目の前の彼の姿に、おもわず現実かと目を疑った。
　……って、王子様って言われてるのは舞くんなんだっ

たっよね……？
　でも、たしかに舜くんはカッコよくて王子様みたいだけど、雰囲気はどこか冷たさを感じさせるものがある。
　対してこの人は、博愛主義を漂わせるような優しいオーラ。
　絵本に出てくる、王子様だ……。
「おーい、大丈夫？」
「……っあ、すみません……！」
　見惚れてしまい、ボーっとしていた私の顔をのぞき込む目の前の彼。
　ち、近いっ……！
　男の人だという警戒心があり、反射的にあとずさって距離をとる。
「あれ？　もしかして……怯えてる？」
「え、あの……」
「あはは、冗談だよ。なにもしないから、怖がらないで？」
　笑い方もすごく爽やかで、本当に王子様みたい……。
　なんだか吸い込まれちゃいそうな人だな……と思ったけれど、優しく笑った彼がわるい人には思えなかったから、私も首を縦に振った。
「キミ、もしかして迷子？」
「あ、えっと……」
　この歳で、しかも校内で迷子だなんて……。
　図星をつかれ、はずかしくて頬が熱くなる。
「大丈夫だよ。ここ、あまり使われてない棟だし、地図も掲示されてないからよく迷う生徒がいるんだ。僕でよかっ

たら案内させて」
「……あ、ありがとうございますっ……！ じつは、生徒会室に資料を届けに行きたくて……」
　いい人に出会えて、よかった……！
　もうたどり着けないかもしれないと思いかけていたので、私はすがりつくような思いで頭を下げた。
「生徒会室？ なら、行き先は僕と同じだね。その資料貸してもらえるかい？ 僕が持つよ」
「えっ、でも、軽いので大丈夫ですよ……？」
「女の子に荷物を持たせるわけにはいかないさ。それに、宛先は僕だ」
　「おいで、こっちだよ」と、彼は私が持っていた資料を持ち、案内してくれた。
　……？ 宛先は、僕？
「ここだよ。どうぞ入って」
　言葉の意味がわからないまま、立派な扉のついた部屋に案内された。
「失礼します……」
「そこのソファにどうぞ。待っていて、今、紅茶でも淹れるよ」
　入ってすぐ、柔らかそうなソファに案内され、私は首を横に振った。
「い、いえ！ おかまいなく！ 資料を届けに来ただけなので……！」
「そう言わずに、少しだけティータイムに付き合ってもら

えないかい？　久しぶりにこの部屋にお客さんが来て、嬉しいんだ」

　本当に嬉しそうに微笑む姿に、おもわずまた見惚れそうになった。

　物腰の柔らかい話し方も、彼の王子様感を引きだしている。

　……じゃなくて、さっきから、この口ぶり。

　彼は……。

「あの……もしかして生徒会長さんですか？」

　ここからでも見える位置にある給湯場所で、ガサゴソと用意をしている彼に、質問を投げかける。

　彼は作業をする手を動かしたまま、ふわりと微笑んだ。

「そんなところだね。失礼、自己紹介を忘れていたよ。はじめまして、僕は２年の西園寺コウタと言います。とくになにもしていないのだけど、一応生徒会長をさせてもらってるよ」

　２年生の先輩……。

　会長さんの雰囲気からして、３年生かと思っていた。

　というより、高校生とは思えない大人のオーラ。

「こちらこそ、はじめまして……！　１年の──」

「時田つぼみちゃん、だよね？」

　私も自己紹介をしなければと思い、名前を告げようとしたけれど、会長さんの声に遮られる。

「知っているよ、君はとても有名だからね」

　有名？　わ、私が？

　そんな事実はいっさいないので、全力で否定させていた

だく。
「可憐で、心優しいお姫さま」
「え？」
「それと……高神舜の恋人ってね」
「ち、ちがいます……！　舜くんとは恋人じゃなくて、なんというか……し、親戚のような……」
　舜くんが言ってたこと、本当だったんだ……！
　わ、私と舜くんが、付き合っているって噂が立ってるなんて。
　完全な、事実無根なのに……。
『すぐにこの可愛い口に、俺のこと好きだって言わせてやる』
　私は昨日の告白と、甘い舜くんの笑顔を思い出して、頬が熱くなった。
「付き合っていないの？」
　おどろいたように、そう聞いてくる会長さん。
「はい……！」
　それにしても、いったい誰がそんな噂流したんだろう。
　どうして、私と舜くんが付き合ってるだなんて……。
　うーん、登下校一緒にしはじめたから？
　そ、それだけで噂になるなんて、やっぱり舜くんの人気はすごいなぁ。
「そっか……ふっ、ただの噂ってことだね？」
　あ、あれ？
　一瞬、会長さんの笑顔に黒いものが混じっている気がし

て、目を擦る。
　き、気のせいだよね……？
　本当に私の気のせいだったようで、トレーにティーポットとクッキー、ティーカップとソーサーを２つずつ乗せて、会長さんはソファの前にあるテーブルにそれらをキレイに並べた。
　「どうぞ座って？」と言われ、少し気が引けたけれど、せっかくの好意を無下(むげ)にするのも申し訳ないと思い、おとなしくソファに座る。
「どうぞ」
「ありがとうございます……」
「レモンティーでもミルクティーでも、飲み方はお好みで」
　会長さんは、ストレート派なのかな……？
　なにも入れず、そのまま紅茶を飲む会長さん。
　とっても、紅茶が似合う。
　なんていうんだろう……『王子様の優雅なティータイム』っていうタイトルで、一枚の絵になりそうだ。
　ひそかにそんなことを思いながらも、私はミルクを少し入れて紅茶をいただいた。
　ふわっと、ストロベリーの香りがする。
「……あ、この茶葉、ロゼロワイヤルですか？」
　爽やかで、甘い。
　女の子が好きそうな紅茶。
　もしかして……わざわざ選んで淹れてくれたのかな？
　会長は少しおどろいた顔をしたあと、ニコッと微笑みを

こぼす。
「……よくわかったね。つぼみちゃんは、紅茶に詳しいのかい?」
「詳しいってほどではないんですけど、朝は必ず飲みます。落ち着きますよね。私、この茶葉好きなんです。ストロベリーの香りが、とっても甘くて」
　このロゼロワイヤルも、昔よく飲んでいた。
　以前知り合ったおばあさんが、毎回紅茶を淹れてくれて、そのおばあさんが大好きだった紅茶だ。
　紅茶のおばあちゃん、元気にしてるかな……?
　懐かしくなって、胸の奥がじんわりと温かい気持ちになる。
「嬉しいよ。僕も紅茶がとても好きでね。いつも祖母が茶葉をくれるんだ」
　そう話す会長は嬉しそうで、きっとおばあちゃんを大切にしているんだと思った。
「もしよかったら、いつでも飲みに来てほしい。誰かと飲み比べとか、してみたかったんだ」
「はいっ、私でよければぜひ」
　なんだか会長さんは男性特有の怖さを感じなくて、近くにいても少しも嫌悪感を感じない。
　むしろ、いつの間にか緊張も解けていて、会長さんのそばは心地よささえ感じられた。
「本当に?　来てくれなかったら僕、迎えに行くかもしれないよ?」
　冗談めかした言葉に、おもわず笑ってしまう。

「ふふっ、会長さん、おもしろいですね」
　やや神経質そうなオーラを漂わせるほどキレイな容姿をしているのに、お茶目な部分まで兼ねそなえているなんて、素敵な人だなぁ。
　きっと、美人な彼女さんがいそう、ふふっ。
「会長さん、か……」
　ポツリと、独り言のようにつぶやかれた声。
「コウタって、呼んでほしいな」
　そのすぐあとに出た言葉に、おどろいてティーカップを置いた。
「よ、呼び捨てはさすがに……」
　いくらなんでも、男の人で、しかも先輩……！
「ダメかな？」
　絶対に無理……！　と思ったものの、眉の端を下げて残念そうな顔をする会長さんに、無理です！とは言えなかった。
「そ、それなら……コウタさん……？」
　百歩譲って、さん付けなら……。
「うん、それいいね。ドキドキする」
　心なしか、少し頬を赤らめた会長さん……もといコウタさんが笑った。

「ごちそうさまでした」
　お昼休みということもあり、コウタさんとたくさんお話ししていたら、あっという間に時間が過ぎていた。

「僕も教室に戻ろうかな。一緒に行こうか」
「はい！」
　食器を片付け終え、他愛もない話をしながらふたりで１号棟に戻る。
「コウタさん？　２年生の教室って、１階じゃなかったですか？」
「ん？　そうだね……つぼみちゃんとお話しするのが楽しくて離れがたいから、教室までついていってもいいかい？」
　つまり、教室まで送ってくれるのかな……？
　もしかして私がさっき迷子になっていたから、気を使ってくれたのだろうか。
　さすがに自分の教室くらいわかるのに……！
　舞くんの時と同じことを思ったけれど、コウタさんの笑顔に負け、送ってもらうことにした。
　……なんだか、視線を感じる。
　舞くんといる時のような、好奇心の混じった視線。
　そっか……コウタさん、カッコいいもんね。
　きっとモテモテの人気者なんだろうと納得し、居心地のわるさに目をつぶった。
「ここで大丈夫です。ありがとうございました」
「こちらこそ、今日はすごく楽しかったよ。また絶対来てね？」
「ふふっ、はい。おじゃまします」
「ちょっとつぼみっ……！　どこまで行ってたのっ……！」
　あれ？　サキちゃん……？

教室前の廊下で、コウタさんとさよならしようと思っていた時、中からあわてた様子のサキちゃんが出てきた。
「どうしたの？」
「どうしたのじゃないわよ！　アンタがなかなか戻ってこないから、心配して王子が探しに行って……って、コウタ先輩!?」
　……え？
　舜くん、が？
　ど、どうして!?
「サキちゃん、どうして舜くんが……!?」
「ちょっとつぼみ!!　どういうことよ！　どうしてコウタ先輩と一緒にいるの!!　なんで!!」
　私の質問は完全にスルーで、隣のコウタさんに釘付けのサキちゃん。
　一方コウタさんは、サキちゃんを見ながらニコッと微笑んだ。
「ま、まぶしい……好きっ……」
「さ、サキちゃん？　舜くんのことなんだけど……」
　完全にノックアウトされてしまったのか、サキちゃんは目をハートにさせてコウタさんを見つめていた。
　ええっと、舜くんのこと聞きたかったんだけど……。
「つぼみッ！」
　少し離れたところから、舜くんの声が。
　振り返ると、頬に一筋の汗を垂らし、こちらに走ってくる舜くんの姿。

舜くん……！
「大丈夫か!?　つぼみがなんか運びに行ったっきりずっと戻ってこないって、この女から聞いて……なんかあったのかなと思って……」
「そうだったの……！　心配かけてごめんなさい！」
「いや、なにもなかったならいい。よかった」
　本気で、心配して探してくれたんだろう。
　舜くんは安堵の息を吐いて、私の頭をなでた。
　舜くん……。
「ずいぶん探してくれたみたいだね？　つぼみちゃんは僕と一緒にいたんだ。引き止めた僕にも責任がある」
「ごめんね、高神くん」と、横からコウタさんが言った。
　とたん、舜くんがあからさまに不機嫌な顔をする。
「……誰アンタ」
　しゅ、舜くんっ、先輩だよ……！
「はじめまして。西園寺コウタです」
　笑顔で挨拶をしたコウタさんに、舜くんがピクッと反応した気がした。
「……チッ」
　し、舌打ち……!?
　なぜかものすっごく不機嫌な舜くん。
　にらみつける勢いでコウタさんをガン見していて、一方のコウタさんは爽やかな笑顔を崩さないまま。
　な、なんだろうこの雰囲気……。
「しゅ、舜くん？」

「胡散臭い笑顔。お前みたいな奴が、つぼみに近寄るな」
「キミにそんなこと、言われる覚えはないなぁ……彼氏じゃあるまいし。親戚……みたいな存在なんだろう？」
「……あー、めんどくさい奴が現れた……」
「……舜くん？」
「つぼみ、もう教室入れ。授業始まる」
「う、うん……」
「俺も教室戻るから。じゃあな」

　ど、うし、よう……。
　舜くん、怒ってる？
　これ以上なにか言っちゃいけないと思い、コウタさんにペコっと頭を下げてから、教室に入る。
　コウタさんは微笑んで手を振ってくれて、そのまま自分の教室に戻っていった。
　舜くんも、不機嫌なオーラを放ったまま、私の視界からいなくなった。
　怒らせて、しまった。
　舜くんが怒ったところ、初めて見た……。
　席に座り、下唇をぎゅっと噛みしめる。
「つぼみ、アンタ愛されてるわねぇ……」
「……え？」
「王子、お弁当につぼみの分のお箸が入ってたって言って届けに来たのよ。それでつぼみが資料運びに行ったっきり戻ってこないって、あの子方向音痴だから大丈夫かしらって言ったら、めちゃくちゃあせった顔して、教室飛びだし

愛読者カード

お買い上げいただき、ありがとうございました！
今後の編集の参考にさせていただきますので、
下記の設問にお答えいただければ幸いです。よろしくお願いいたします。

本書のタイトル（　　　　　　　　　　　　　　　　　　　　　　　　　　　　）

ご購入の理由は？　1.内容に興味がある　2.タイトルにひかれた　3.カバー（装丁）が好き　4.帯（表紙に巻いてある言葉）にひかれた　5.本の巻末広告を見て　6.ケータイ小説サイト「野いちご」を見て　7.友達からの口コミ　8.雑誌・紹介記事をみて　9.本でしか読めない番外編や追加エピソードがある　10.著者のファンだから　11.あらすじを見て　12.その他（　　　　　　　　　　　　　　　　　　　　　　　　　）

本書を読んだ感想は？　1.とても満足　2.満足　3.ふつう　4.不満

本書の作品をケータイ小説サイト「野いちご」で読んだことがありますか？
1.読んだ　2.途中まで読んだ　3.読んだことがない　4.「野いちご」を知らない

上の質問で、1または2と答えた人に質問です。「野いちご」で読んだことのある作品を、本でもご購入された理由は？　1.また読み返したいから　2.いつでも読めるように手元においておきたいから　3.カバー（装丁）が良かったから　4.著者のファンだから　5.その他（　　　　　　　　　　　　　　　　　　　　　　　　　　　　）

1カ月に何冊くらいケータイ小説を本で買いますか？　1.1～2冊買う　2.3冊以上買う　3.不定期で時々買う　4.昔はよく買っていたが今はめったに買わない　5.今回はじめて買った

本を選ぶときに参考にするものは？　1.友達からの口コミ　2.書店で見て　3.ホームページ　4.雑誌　5.テレビ　6.その他（　　　　　　　　　　　　　　　）

スマホ、ケータイは持ってますか？
1.スマホを持っている　2.ガラケーを持っている　3.持っていない

学校で朝読書の時間はありますか？　1.ある　2.今年からなくなった　3.昔はあった　4.ない

ご意見・ご感想をお聞かせください。

文庫化希望の作品があったら教えて下さい。

学校や生活の中で、興味関心のあること、悩みごとなどあれば、教えてください。

いただいたご意見を本の帯または新聞・雑誌・インターネット等の広告に使用させていただいてもよろしいですか？　1.よい　2.匿名ならOK　3.不可

ご協力、ありがとうございました！

郵便はがき

お手数ですが
切手をおはり
ください。

104-0031

東京都中央区京橋1-3-1
八重洲口大栄ビル7階
スターツ出版(株) 書籍編集部
愛読者アンケート係

(フリガナ)
氏　名

住　所　〒

TEL　　　　　　　　　　携帯／PHS

E-Mailアドレス

年齢　　　　　　　　　　性別

職業
1. 学生 (小・中・高・大学(院)・専門学校)　　2. 会社員・公務員
3. 会社・団体役員　4. パート・アルバイト　5. 自営業
6. 自由業 (　　　　　　　　　　　　　　　) 7. 主婦　8. 無職
9. その他 (　　　　　　　　　　　　　　　　　　　　　　　　)

今後、小社から新刊等の各種ご案内やアンケートのお願いをお送りしてもよろしいですか?
1. はい　2. いいえ　3. すでに届いている

※お手数ですが裏面もご記入ください。

お客様の情報を統計調査データとして使用するために利用させていただきます。
また頂いた個人情報に弊社からのお知らせをお送りさせて頂く場合があります。
　　　個人情報保護管理責任者:スターツ出版株式会社 販売部 部長
　　　　　　　　　　　　　　　連絡先:TEL 03-6202-0311

てったのよ」
　舜くん……。
「まさかクールな王子にあんな一面があっただなんて……惚れ直しちゃった、あたし」
　惚れ惚れとした様子で、頬に手を当て余韻(よいん)にひたるサキちゃん。
　舜くんが、そんなに、心配してくれていただなんて……。
　それなのに私ってば、のんきにコウタさんとお茶なんてして、舜くんが怒って当然だよね。
　次会ったら、謝ろう……。
　さっきは、なんだか舜くんに見放されたみたいで、すっごく悲しかった。
　胸が、ぎゅっと痛んだ。
　いつも、大丈夫だよって頭をなでてくれる舜くん。
　私を守ってくれる舜くん。
　舜くんに見放されちゃうなんて、私……絶対やだよ……。
　深く反省して、その日の残りの授業は舜くんのことで頭がいっぱいだった。
　早く……1秒でも早く、舜くんに会いたくてたまらなかった。

保留期間

　放課後になると、すぐに舜くんは迎えに来てくれた。
　怒っていたから、今日は別々かも……なんて考えていたので、すごく嬉しかった。
「つぼみ、帰ろ」
「うんっ……！」
　よかったっ……いつもの舜くんだ！
　いつもの……。
「舜くん、今日なに食べたい？」
「……なんでもいい」
　いつも、の……？
「舜くん……？」
「…………」
「舜くんっ……！」
「……ん？　どうした？」
　──ちがう。
　やっぱり、怒ってる……？
　どこか上の空で、いつもなら他愛もない会話をするのに、今日は無言で電車に乗る。
　帰り道はずっと、買い物をしている時も、舜くんはひと言も話さなかった。

　家について、舜くんはスタスタとひとりリビングに行っ

てしまう。
「つぼみ、俺先風呂入るわ……」
「…………」
「……つぼみ?」
　目から、ポロポロとあふれる雫。
「……っ、つぼみ?　どうしたッ……!」
「舜くんっ……ごめん、なさいっ……」
　もう、耐えられなかった。
「は?　なにが——」
「舜くん怒ってるよねっ……?　私が、今日はいっぱい心配かけちゃった、から……ごめん、なさいっ……」
　舜くんに、嫌われてしまったかもしれない。
　そう思うと、胸が張り裂けそうなほど痛かった。
「ちょっと待て、つぼみ……あー、ごめん。俺がわるかったから、泣くな」
「しゅ、ん君、は、なにもわるくないっ……」
「いや、俺がわるかった。大人気なかったな、ホントごめん」
　腕を優しくつかまれ、引き寄せられる。
　次の瞬間にはもう、私は舜くんの腕の中にいて——。
　聞こえる心音が、とても心地いい。
「つぼみに怒ってるんじゃないからな?　あの男に、嫉妬しただけ」
　あの、男?
「コウタとかいう、さっきの奴」

「コウタさんは、迷ってた私を案内してくれただけだよ……」
「コウタ、さん？」
　舞くんが、再び不機嫌になっていくのがわかる。
「あの男に、あんま近づくなよ」
「どうして？」
「俺が嫌だから」
　な、なにそれっ……！
「それにさ……つぼみは、俺のこと親戚みたいな存在だと思ってる？」
　寂しそうな、苦しそうな顔の舞くんが、私の顔をのぞき込んでくる。
　親戚みたいな存在……？
　あ、今日私が、コウタさんにそう言ったから？
　それは、舞くんとはいずれ家族になるかもしれないし……。
「俺、つぼみが好きだって言ったよな？　ちゃんと伝わってるか？」
　……っ。
　忘れていたわけではないし、忘れられるはずもない。
　私、舞くんにひどいことしちゃった……。
　好きだって言ってくれたのに、その人のこと、親戚みたいな存在だなんて言って。
「う、ん……」
　舞くんのこと、傷つけてしまった。
「それならいいけど、俺はつぼみのこと、ひとりの女として見てるから」

舜くんは、私の手をぎゅっと握った。
「お願い、ちゃんとわかって」
　どこか弱々しい、気持ちがぎゅっとこもったような声。
　舜くんは、本当に私のことを、好きだと言ってくれている。
　家族になるとか、一緒に暮らしているだとか、舜くんが本当は、初恋の彼だったとか——。
　そんなこと、言いわけにしている場合じゃない。
　私はちゃんと、舜くんと向き合って、舜くんの気持ちに対して答えを出さなきゃならないんだ。
　でも……今すぐには、どうしてもできなくて……。
「ご、ごめんね……私、答えられなくて」
「……いや、俺が突然だったからな。返事は本当にいつでもいい」
　曖昧な返事なんてできない。
　だって私は舜くんを好きだけど、舜くんと同じ好きかまだわからないんだ。
　それに、恋愛をすることに臆病になっている自分がいる。

　中学１年の、私の中の大切な思い出。
　黒石くんと私は、放課後よく一緒に図書館で過ごした。
　お父さんとお母さんを見てきた私は、恋愛なんて信じることができなくて、神様に誓い合ったって、人の愛情なんて脆いものなんだと。すぐに崩れてしまうものなんだと、認識していた。
　だから、好きだなんて告げる勇気はなかったけど、黒石

くんなら……舜くんなら信じても大丈夫だと思ったんだ。
　けど、結局彼はさよならも言わずに私の前からいなくなった。
　初めての失恋。
　ひとりでたくさん泣いて、私には恋愛は向いてないんだと強く思った。
　結局、それ以来一度も恋という恋をしてこなかった私。
　いまだに、恋だ愛だなんて完全には信じられないし、男の人が苦手なのも治ってない。
　けど……それでも、予感はしてるんだ。
「あのね……」
　だって、今だって心臓がドキドキしてる。
　もう、気のせいだなんて、ごまかせないよ……。
「私、こんな曖昧なこというの卑怯（ひきょう）だってわかってるんだけど、舜くんのこと……好きになっちゃうと思うっ……」
「……っ」
「中途半端な返事はできないけど、舜くんといると安心して、ドキドキして……今日、舜くんには絶対嫌われたくないって思った」
　自分で言っていながら、はずかしくてたまらない。
　でも全部、嘘偽（いつわ）りない真実で、卑怯なことだってわかってるの。
　今すぐに返事ができないだなんて言っておきながら、舜くんに好きでいてほしいだなんて……私、最低。
「だから、あの、もう少し……待ってくれないかな？」

舜くんが無理だっていうなら、もちろんあきらめる。
　けど、答えがイエスであるなら――。
　――私は、この人と恋をしたい。
　もう一度、高神舜という男の人を、好きになりたい。
「……ヤバい」
　舜くんが、つぶやいたひと言。
「嬉しすぎてニヤけるの止まんね」
　次の瞬間、私は苦しいくらいに抱きしめられていた。
「いくらでも待つし。もう、そんなこと言ってもらえるだけで爆発しそ」
「しゅ、舜くん、苦しいっ……」
「……わり。でももうちょっとだけ」
　そう言って、舜くんは心なしか力をゆるめながら、ぎゅーっと抱きしめてきた。
　行き場を失った私の手は、だらしなくたれ下がり、解放される時を待つ。
「あー、やべ。風呂で頭冷やしてくるわ」
「う、うん」
　や、やっと離してくれたっ……。
　髪をくしゃくしゃと掻き、お風呂へ行ってしまった舜くん。
　残された私は、熱い両頬を手で覆い、力が抜けたようにソファへ座り込んだ。
　あ、ああ……どうしよう。
「私、とんでもないこと言っちゃったっ……」
　そ、それに、舜くんは待ってくれるって……。

でも、それに甘えてちゃダメだよね。私も早く、自分の気持ちを見つけなきゃ！
　パシッと頬を手でたたき、喝を入れる。
　よーし、ご飯作ろうっ……！
　私は立ちあがって、晩ご飯の支度を始めた。
　まさか翌日、あんなことが起きるだなんて、この時の私は知る由もなかったんだ——。

「おはようサキちゃん」
「おはよ。今日も相変わらずラブラブねぇ〜」
「なっ……！　か、からかわないで!!」
　私に手を振って、自分のクラスに行った舞くんを見ていたのか、サキちゃんは目を細めて私を見てきた。
「ま、つぼみが王子とくっついたら、私的には万々歳よ」
「え、ええ!?　どうして……？」
「どうしてってそりゃ……コウタ先輩が完全フリーになるからよ!!」
「……？」
「あたし、顔は王子の方が好きだけど、中身はコウタ先輩の方が断然タイプなのよね！　それにコウタ先輩って、お母さんが女優やってて、お父さんは大手企業の社長、まさに絵に描いたようなサラブレッドよ！　しかも紳士で優しくて、いつも笑顔で……素敵すぎる!!」
　コウタさん、そんなすごい人だったんだ……。
　それにしても、どうして私と舞くんの話に、コウタさん

が入ってくるの？
　疑問に思ったので聞きたかったけれど、聞くことができなかった。
「ちょっといいかな、時田さん……」
　私の声よりも先に、背後から女の子の声がしたから……。
　……わ、私？
　振り返ると、そこには女の子が３人。
　なにやら険しい顔をして、私をにらみつけるように見ている。
　こ、怖いっ……。
「は、はいっ……」
「ついてきてくれない？」
　腕を組んだリーダー格っぽい女の子が、そう言ってくる。
「ちょっとなによ、アンタたち」
　サキちゃんはそう言って、女の子たちをにらみつけた。
「あなたに関係ないでしょ？　私たちは時田さんに用があるの」
「はぁ？　じゃああたしもついていくわ。１対３なんて卑怯でしょ？」
「部外者は入ってこないでよ」
　なにやら私をかばってくれるサキちゃんと女の子たちで火花を散らしていて、私はひとり、あたふたするばかり。
「い、行きます！　サキちゃん、私大丈夫だから……ね？」
「行かなくていいわよつぼみ、こんなブスたち放っておきなさい」

「誰がブスよッ……!?」
　あああああっ……！
「ご、ごめんなさいっ、は、早く行きましょう！」
　教室で乱闘が起きそうな勢いだったので、私は３人を鎮めるようにそう言って、教室を出た。
　サキちゃんは心配してくれたけれど、笑って大丈夫だから、と言った。

「単刀直入に聞くけど、時田さんって……高神様と西園寺様どっちと付き合ってるの？」
　連れてこられたのは、非常階段。
　質問の意味がわからず、私は首をかしげる。
　舞くん……？　は、わかるけど、西園寺様ってコウタさんだよね……？
　昨日知り合ったばかりのコウタさんと私が、どうして付き合ってるだなんて話になるんだろうか。
「コウタさん……？」
「とぼけないでっ……昨日いろんな女子が見たんだから、時田さんと西園寺様が一緒に歩いてるの……！」
　そ、それは歩いてたけど……お茶して、送ってもらっただけだよ？
　舞くんといいコウタさんといい、ほんの少しのことで付き合っていると誤解されるだなんて……たいへんだなぁ。
「あの……それは事実だけど、私コウタさんとは昨日知り合ったばかりで、それに教室まで送ってもらっただけで

……付き合ってなんていないよ。舞くんとも、付き合ってる……わけじゃないよ？」
　そう。
　今は、恋人だなんて関係ではない。
「本当に……？」
　再確認するように聞いてくる女の子に、首を縦に振る。
　すると女の子は顔をパァアっと明るくさせ、急に私の手を握ってきた。
「よかった……！　あの、お願いがあるの！」
　え？　お、お願い？　私に？
「な、なにかな……？」
「私、高神様が好きで……協力してほしいの！」
　え……。
「高神様、女の子とはまったく話さないじゃない？　けど、時田さんとは仲よさそうだし……お願い！」
　まさかの展開に、目が点になる。
「なんなら、手紙を渡してくれるだけでいいの……嫌？」
　え、えっと、私に、恋のキューピッドになってほしいって言ってるのかな……？
　舞くんと、この女の子の？
　──ズキン。
　そ、そんなの、できない……。
「ご、ごめんなさい……それは……」
「どうして!?　付き合ってないんでしょ？」
　たしかに、付き合ってはないけど、でも……。

舞くんがほかの女の子と付き合うだなんて、考えただけでも苦しいのに、それの手助けをするだなんて……私にはできない。
　私、性格わるいな……。
　そう自覚しているけど、どうしても嫌だった。
「ごめんなさい……」
「どうして!?　時田さん、やっぱり高神様のことが好きなの……?」
「そういうことじゃ、なくて……」
「なら、少しくらい協力してくれたっていいじゃないっ……そんなのズルいよ……時田さんだけ、可愛いからって高神様と仲よくできて……みんな羨ましがってるんだから」
　か、可愛い?
　……それはない、ありえない。
　でも……ズルい、か。
　たしかに、私がしていることはズルいのかな……?
　否定できなくて、下唇をぎゅっと噛みしめる。
「ねぇ、お願い……私は本当に高神様が好きなのっ……。この手紙を渡してくれるだけでいいから、協力してくれない?」
　女の子の必死そうな声と表情に、胸がぎゅっと締め付けられた。
　この子は、本当に舞くんが好きなんだ。
　じゃあ、私は?
　私は結局、舞くんのことをどう思ってるの?

中途半端な考えの私が、この子の恋路を邪魔していいの？
　でも、だからって舜くんがほかの女の子と恋をするのを、私は協力なんてできるの？
　笑って、見守れる？
　……痛い。
　どうして、心臓が、こんなにも痛いの……。
「お願い、時田さん、お願い……」
「……う、ん。手紙、渡すだけなら……」
　本当は、渡したくなんてない。
　でも、曖昧なことをしている私が、ほかの子の恋を邪魔する権利もなくて……。
　消え入りそうな声でそう言った時、足音が聞こえた。
　その足音は後ろから近づいてきて、私はゆっくりと振り返る。
「舜くん……」
　そこには、ひどく苛立ったような、悲しそうな、舜くんの姿があった。
「そういうのって、自分で渡すもんじゃねーの？」
　一歩一歩、近づいてくる舜くんは、手紙を持った女の子の前で止まった。
「あ……ごめん、なさい……」
「べつに。……これ、もらっていいの？」
「え……？」
「俺にくれるんでしょ？」

舜くん……？
　舜くんはそう言って、女の子から手紙を受け取った。
　女の子はおどろいたあと、嬉しそうに頬をゆるませる。
「つぼみ」
　いつものような優しいものではない声が、私の名前を呼んだ。
「教室に戻れ。もうすぐ授業始まる」
　頭をポンっとなでられ、そう言われた。
　まるで、突き放すような冷たさを持った声色。
「舜くん……？　舜くんは、戻らないの？」
「俺は……ちょっとこの子と話してから戻るわ」
　……っ。舜くんの言葉に、舜くんが好きだと言った女の子は、頬をこれでもかというほど赤らめて舜くんを見つめている。
　後ろの女の子ふたりも、「きゃ〜」「頑張れっ！」と言って、この場から去って行った。
　ひとり動けず、立ち尽くす私。
「つぼみ？　聞こえなかったか？」
「き、聞こえたっ……」
「じゃあ戻れって。チャイム鳴るだろ？」
「でもっ……」
「つぼみ」
　なにかを言いかけた私の声を、舜くんの声が遮った。
「つぼみがいると話ができないから、外してくれる？」
　それは、完全に邪魔だと遠回しに言っていた。

……っ。

心臓がはち切れそうで、瞳からなにかが込みあげてくる。

この場にいることが許されていない気がして、もう私はいらないと言われたみたいで、舜くんに背を向けて階段を駆けあがる。

ふたりの姿が見えなくなった頃、私の目からは涙の雫(しずく)が1粒、2粒と流れていた。

好きなのに……

　HRが始まる合図のチャイムが鳴る。
　私がいるのは教室ではなくて、校舎裏の花壇だった。
　瞳からあふれる涙が止まらない。
　地面に広がるシミは大きくなっていって、顔を両手で覆った。
　私がいると、できない話だと言っていた。
　そしてまちがいなく、舜くんは私たちの話を聞いていた。
　あの子が舜くんを好きだと知っている上でふたりきりにしてくれと言ったんだ……する話なんて、ひとつしかない。
　今頃、なにを話してるんだろう……。
　舜くんは、もしかしてあの女の子と付き合うことにしたのかな？
　そしたら、もう私のことはどうでもいい？
「こんなところでサボるなんて……わるい子だね」
　涙でできたシミを見つめていると、突然そのシミが広がった。
　……と思ったのは気のせいで、大きな人影が、私の前に広がる。
　振り向かずともわかった。
　私は、優しいこの声を知っている。
「コウタ、さんっ……」
「あーあ……そんなに泣いて……」

コウタさんはしゃがみこんで、私と目線を合わせてくれる。
　　長い指が伸びてきて、私の涙を拭った。
「泣かないで……つぼみちゃん」
　　どうして……コウタさんが、そんなツラそうな顔するの？
「ここにいたら先生に見つかるからね。秘密基地に行こうか？」
　　コウタさんは、そう言って私に手を差し伸べてきた。
　　どうしてここにいるんですか？とか、コウタさんでも授業サボったりするんですね、とか、思うことはたくさんあったのに、今の私にはもう、その手をとることしか許されていないように感じて……。

「少しは落ち着いた？」
　　秘密基地とは、生徒会室のことだったらしい。
　　コウタさんは温かいフェンネルティーを淹れてくれて、私の涙もすっかり止まっていた。
　　安心する、香り……。
「はい……。さっきはあんなはずかしいところお見せして、すみませんでした……」
「謝らないで。君のピンチに駆けつけられて、よかったと思ってるんだ。……本当は、君が涙を流す前に行きたかったんだけどね」
　　相変わらずの王子様スマイルと、女の子なら誰でもときめいてしまうようなフレーズ。
「どうして泣いていたのか……理由を聞くのは気が利かな

いかな？」
　優しい声でそう言われて、私はゆっくりと先程までの出来事を話した。

「なるほど、ね……」
　コウタさんは、納得したように目を伏せた。
「つぼみちゃんは、高神くんが好きなんだね」
「えっ……？」
　私が……？
「そうじゃなければ、彼を想って泣いたりしないだろう？」
「それ、は……」
「じゃあ、否定できるかい？」
　まっすぐに見つめられ、私は気づいた。
　自分の気持ちと、向き合っていなかったことに。
　コウタさんは、昨日会ったばかりの私の話を、一生懸命聞いてくれた。
　真剣に考えてくれた。向き合ってくれた。
　私も……ちゃんと向き合わなきゃ。
　認め、なきゃ。
「……できま、せん……」
「うん。つぼみちゃんは、高神くんをどう想ってるの？」
　女の子に、協力してと言われて嫌だった。
　舞くんに、突き放されて悲しかった。
　舞くんが……ほかの子を好きになっちゃうのかと思って、泣いてしまった。

とっくに、わかってたはずなのにっ……。
「好き、ですっ……」
　男の人が苦手とか、過去のトラウマとか、そんなものを言いわけにしていたら後悔する。
　私は、舜くんが好きだ……。
「うん。じゃあそれを、きちんと彼に伝えればいいと思うよ」
「コウタさん……」
「大丈夫。もし彼に泣かされたら、いつでも僕のところにおいで。僕はいつでもつぼみちゃんの味方だよ」
　なんて、心強い言葉なんだろうっ……。
　コウタさんのセリフに、止まっていたはずの涙がまた流れてしまいそうになる。
　けれど、今ここで泣くのはちがうと思い、ぐっと我慢した。
　ちゃんと、自分の気持ちを伝えよう。
　舜くんに、ちゃんと……向き合うんだ。
「コウタさん……本当にありがとうございます」
「ははっ、僕はなにもしてないよ。もしかして、敵に塩を送るようなことしちゃったかな？」
「え？」
「いや、なんでもない。ふたりがうまくいくように祈ってるよ」
　その言葉に、私は笑顔を返してうなずいた。
　その時、ポケットの中のケータイが震える。
　……誰だろう？

ケータイを取り出して画面を見ると、一通のメッセージ。
　それは、舜くんからのもので……。
【今日先に帰ってて。危ないから気をつけて帰れよ】
　一緒に帰れないってこと、か……。
「どうしたの？」
「あ、いえ……」
　曖昧な返事をすれば、ん？　と聞き返される。
「えっと、今日は一緒に帰れないって……舜くんから……」
「……そっか。じゃあ今日は、僕と帰ろう？」
　コウタさんと？
「私は、ぜんぜん大丈夫ですけど……コウタさん電車通学ですか？」
「ちょっとちがうかな。でも問題ないよ。授業が終わったら迎えに行くから、待っててくれないかい？」
　問題ないって、どういう意味だろう？
　頭の上にはてなマークを並べながらも、その時はそれ以上追及(ついきゅう)しなかった。
　舜くんと一緒に帰れないのはすごくショックだけど……帰ったら、ちゃんと伝えよう。
　私の、気持ちを。
　そう決意して、心臓のあたりをぎゅっとつかむ。
「さぁ、そろそろ行こうか？　もうすぐ1限目が終わる時間だ」
「あっ……!?　ごめんなさいコウタさん。コウタさんまでサボらせてしまって！」

そうだ、生徒会長のコウタさんに、わるいことさせてしまったっ……！
　大きな失態に気づき、罪悪感でいっぱいになる。
　そんな私とは対照的に、コウタさんは優しい笑顔で笑った。
「いいんだよ。君のそばにいたいと思った僕の意思だ。つぼみちゃんはなにも気にすることはない」
　コウタさんは、「それにね……」と付け足し、私の耳もとに口を寄せる。
「僕はけっこう、常習犯だから」
　そうささやいて、イタズラっ子のように笑った。
　コウタさんの、意外な一面にビックリする。
　サボり常習犯……？　こ、コウタさんが……？
「内緒だよ？」
　人さし指を口に当てるコウタさんが、なんだかとてもお茶目に見えて、私はおもわず笑ってしまった。
「やっと笑ってくれた」
「……っ！」
「つぼみちゃんには、笑顔が似合うよ」
　コウタさん……。
　本当に、なんて素敵な人なんだろう。
　コウタさんと付き合う女の子は、きっと幸せなんだろうな。
　そんなことを思いながら、感謝の意を述べて、飲み終えたティーカップを給湯場に持っていく私。
　私はきっと、コウタさんの優しさに甘えていた。
　だから……気づかなかったんだ。

「僕なら……君を泣かせたりしないのに」
　少し離れた場所で、私の後ろ姿を見ながら――コウタさんがそんなことをつぶやいていたことに……。

　その日の放課後。
「さぁ、乗って」
　ちょ、ちょっと待ってください……。
　電車通学とはちょっとちがうって言ってたけど……こ、これは!?
　目の前には、一台のリムジン。
　は、初めて見た……って、感心してる場合じゃなくて、コウタさん、いつもこれで通学してるんですか……っ？
　普段使われていない裏口から学校を出たので、初めて見るのも無理はない。
「わ、私、電車で帰れますよ……？」
「そんなこと言わずに。今日は、僕と帰ってくれるんだろう？」
　ねだるように言われて拒否できるはずもなく、私は恐縮して車内に入る。
　中はさらにキラキラしていて、車の中とは思えない広々としたスペースにまっ赤な革のシート。
　きらびやかなテーブルが置かれていて、高級感があふれていた。
　ど、どうしようっ、座れない……！
「どうしたの？　どうぞ座って」

コウタさんは不思議そうな顔でそういって、私を座らせた。
　お、落ち着かないっ……。
「こ、コウタさんはいつもこのお車で通学しているんですか……？」
「んー、そうだね。基本はクライスラーだけど……たまにリンカーンやキャデラックも乗るかな。僕はあまり、ゴツゴツした車種が好きじゃないから、クライスラーがいちばん好きなんだ」
　ク、クライスラー？　リンカーンとかキャデラックとか、リムジンの車種なんてさっぱりわからないけど、ひとつだけ思ったのは……。
　コウタさん、この車も、十分ゴツゴツしています……。

「あっ……ここです」
　そのあと、もちろん遠慮したのだけど、どうしても送らせてほしいと言うコウタさんの押しに負け、住所を言って家まで送ってもらった。
「ありがとうございますっ、送っていただいて」
「ふふっ、何度も言うけど、僕が少しでもつぼみちゃんといたかっただけだから、ね？　それより、ひとりで平気？」
　平気、というのは……？
「高神くんと、ちゃんと話せる？」
　首をかしげた私に、降ってきた言葉。
　あ……コウタさん、そこまで気にしてくれていたんだ。
　私が子どもみたいに、めそめそ泣いていたからだろう。

優しさに、胸の奥が温かくなる。
「はいっ……私、ちゃんと気持ちを伝えようと思います！」
　背中を押してくれた、コウタさんがいるんだもん……！
　私はちゃんと、伝えられる。
　舜くんは、ちゃんと伝えてくれたもん！
「うん、その意気だ。もしなにかあったらすぐに連絡してきてね。僕はいつだって駆けつけるから」
「ふふっ、ありがとうございます」
　本当に、心強いなぁ……。
　コウタさんの存在が、私の中で大きくなっていくのを感じた。
「つぼみ……？」
　……え？
　少し離れたところから聞こえた声。
　振り向けば、声の主が立っていた。
「舜くん……！」
　どう、して？
　今日は、一緒に帰れないって……。
　用事があったから、帰れないんじゃなかったの？
　いつもより早いのではないのだろうかと思う帰宅時間に、私は言葉を失った。
「……おっと、タイミングがわるかったかい？」
　沈黙を破ったのは、困った顔のコウタさん。
「そんなにらまないでほしいな。まあ今は……おとなしく、邪魔者は退散するよ」

それは舜くんに当てられた言葉だろうか、コウタさんは、人当たりのいい笑顔で笑った。
「また明日、つぼみちゃん」
「はいっ……ありがとうございました」
　手を振って、コウタさんが車に入って行くのを見守る。
「アイツに送ってもらったのか？」
　少し不機嫌な舜くんの声に不安になりながらも、首を縦に振った。
「うん……」
「……そ。ずいぶん仲いーな」
　舜くんはそれだけ言って、スタスタと早足で家の中に入る。
　私も、あわててそのあとを追いかけた。
「しゅ、舜くんっ、あの、話が……あるの」
　ガチャリ、と、ドアが閉まった音と、私の声が同時に玄関に響いた。
　早く、言わなきゃっ……。
「なに？　アイツと帰るの楽しかったって話？」
　そう言って振り返った舜くんの顔は、とても冷たかった。
　怒ってる……？
「そういえば今日、用事があったから一緒に帰れなかったんじゃないの……？」
　話題を変えようとそんな質問を投げかけると、舜くんは面倒くさそうにひと言。
「用事は……まぁ、あったっちゃあったけど」
「も、もしかして……朝の、女の子？」

そうだったら……っ。
　不安で胸がいっぱいで、ザワザワする。
「それって、つぼみに関係ある？」
　……っ。そんなこと言われたら、なにも言えない。
「ごめん、なさい……」
　私はそれしか言えなくて、おもわずうつむいてしまう。
「……告白された」
　けれど、舜くんのその言葉にバッと顔をあげた。
　嫌な予感が、的中する。
　告白……やっぱり、されたんだっ……。
「俺のこと、めちゃくちゃ好きなんだって」
「返事は、したの……？」
「まだ」
　心臓がひどく痛くて、泣きそうになったのをぐっと堪えた。
「でも……まあどっちでもいいかなって」
　な、なにそれ……。
「舜くんは、その子のことが好きなの……？」
「さぁ？　でも、好かれてわるい気はしないし、フる理由もないだろ。付き合うのもありかな」
　今度こそ、もう私は限界だった。
　心臓が、いくつもの槍(やり)で突き刺されたように痛む。
　付き合うのも、ありかなって……舜くんは、そんな軽い感じなんだ。
　あ、あれ？　もしかして、私のかんちがい……？
　舜くんの気持ちにちゃんと返事をしなきゃって、向き合

わなきゃって思っていたけど……たいして、私のことなんて好きじゃなかった？

そう、だよね。

だって、本当に好きだったら、そんな……付き合うのもありかななんて、い、言わないよね……っ。

「そ、っか……」

ダ、ダメだどうしよう……。

「で？　話ってなに？」

「……ううん。なんでもない」

涙、あふれちゃうっ……。

「いや、さっきあるって言っただろ」

うつむいてしゃべらない私に腹が立ったのか、棘のある声。

今は顔があげられなくて、こんな、泣き顔なんて舜くんに見せられなくて。

「……な、なくなった」

そう言い切った声は、情けなく震えていた。

「つぼみ？」

どうやら、舜くんにもその異変を気づかれたらしく、今度は少し心配したような声色が耳に入る。

「つ、ぼみ……？　泣いてんの？」

ど、どうしよう……ごまかしたいのに、もう、言葉も発せられない。

あふれてあふれて止まらない、勢いを増してあふれる雫が、とどまることを知らない。

苦しいっ……こんな、こんな苦しいなら、やっぱり恋愛なんてしなきゃよかった……っ。
　私には、こんな苦しさは耐えられない。
　心臓が、痛すぎるっ……。
　耐えきれなくて、ぎゅっと心臓のあたりを握ろうと手を当てた時、体を何者かに包まれる。
「わるい、俺の言い方キツかった」
　舞くんに抱きしめられたのだと気づいた頃にはもう、はち切れそうに痛かった。
　ちがう……ちがうのっ。
「う、ううん、舞くんはなにもわるくないっ……」
　もうこれ以上涙を隠すことなんてできなくて、情けない声でそう告げる。
　舞くんはおどろいた表情で私の顔をのぞき込んできたけれど、私は舞くんの胸を押しのけた。
「ちょっと待て、つぼみ」
「お、お願い……離して……っ」
　もう、私には触らないでっ。
　これ以上、優しくしないで……っ。
「無理。なんで泣いてんの？」
「や、やだ、やだやだっ……離してっ、うっ、っぅ……」
　舞くんの優しさが、とてつもなく痛い。
「今、舞くんといたくないっ」
「どうして？　なんで俺といたくない？」
　抱きしめられる腕から逃れようともがくのに、舞くんは

それを許してはくれなかった。
　強く抱きしめられて、さらに涙があふれる。
「だ、めだよ、彼女がいるのに、私にこんなことしちゃ、ダメだよっ……！」
「なんで？　俺が好きなのはつぼみだって、言っただろ？」
「でも、あの女の子と付き合うんでしょっ？　舜くん、さっきそう言った……っ」
　私のことが、好き？
「言ってること、めちゃくちゃだよっ……」
　そんな嘘は、つかないでっ……。
　もう、止まらなかった。
「私は、私はっ、舜くんのこと好きになっちゃったのにっ。ほかの女の子のとこ行かないでって、私のことだけ好きでいてほしいって、言おうと思ったのにっ……」
　次々とあふれ出す言葉たち。
　今さら言っても仕方ないのに、舜くんの気持ちはもうないのに、わかってるのに。
「すぐに変わるような気持ちなら、言わないで、ほしかったっ、優しく、しないで……っ」
　私は、なんてあきらめがわるい女なんだろうっ……。
　自分が惨めすぎて、情けない。
　数秒の静寂が、私と舜くんの間に流れる。
「…………つぼ、み？」
　それを破ったのは、まるで信じられないと言うかのように私の名前を呼んだ、愛しい人の声だった。

溺愛 side舜

　ことの始まりは、朝の出来事だった。
　いつものようにつぼみを教室に送り、自分の教室に向かう。
「おーい!!　舜!!　お前どういうことだっ!!　つぼみちゃん、会長様と付き合ってるって噂になってっぞ!!」
　……朝から、本気で怠い。
　教室に入って早々、飛びついてくるハイテンションな男。
　いつもはなんだかんだ憎めない奴だけど、今回ばかりは腹が立った。
　俺のキゲンがわるくなることを、ピンポイントで言ってくる優介。
「お前と付き合ってんじゃねーのかよ!!」
「……うるさいな」
　黙らせるために一度どつき、自分の席に座った。
「ちょっと失礼……!　王子いらっしゃるっ!?」
　その時、つぼみの友人らしき女が、ヘンな日本語で教室に入ってきた。
　あせった様子のソイツは、俺を見るなり駆け寄ってくる。
　つぼみの友人みたいだから目をつぶっているけど、こういう女って苦手……いかにもミーハーって感じで。
「つぼみがっ……！」
　そんなどうでもいいことを考えていたが、つぼみの名前が出たとたん、俺は顔色を変えた。

「どうした？　なにかあったのか？」
「さっき、同い年の女３人に呼び出されて連れてかれたの！ たぶんその女、王子のファンだったかもっ……！」
　連れて行かれた……？
　……ッ！　返事もせず、教室を飛びだした。
　呼び出しってことは……。
　人目に付きにくい場所を、徹底的に探す。
　そして、いくつめかに目星をつけた非常階段が当たりだったようで……。
「ねぇ、お願い……私は本当に高神様が好きなのっ……。この手紙を渡してくれるだけでいいから、協力してくれない？」
　下の階から、切羽詰まった女の声が聞こえた。
　……あ？　なにそれ……他人に頼むとかおかしーだろ。
　いや、直接渡されたって受け取らないけど。
　早く助けに行こう。つぼみのことだから、怖がってるだろうし。
　そう思って、足を一歩踏みだした時、
「……う、ん。手紙、渡すだけなら……」
　つぼみの、そんな声が聞こえた。
　――は？
　いや、ちょっと待ってくれ……。
　つぼみは、そいつに協力すんの？
　……なにそれ。
　もしかして、俺の気持ちが迷惑だった？

その女と……俺が付き合えばいいとか、思ってる？
　考えれば考えるほど、嫌な方向に考えてしまう。
　たしかに、少し強引にいきすぎた自覚はある。
　けど、ほかの女に協力するって……完全に脈ナシだって言われてるようなもんだろ。
　階段を下りると、現れた俺につぼみはおどろいた表情をした。
「舜くん……」
「そういうのって、自分で渡すもんじゃねーの？」
　手紙を持った女に、そう言い捨てる。
「あ……ごめん、なさい……」
「べつに。……これ、もらっていいの？」
「え……？」
「俺にくれるんでしょ？」
　そう言って、俺は女から手紙を受け取った。
　……ヤバ。
　なんか、どーでもいい気分。
　目の前の女はなにをかんちがいしているのか、嬉しそうな顔で俺を見ている。
「つぼみ」
　なぁ、なんでそんなツラそうな顔すんの？
「教室に戻れ。もうすぐ授業始まる」
「舜くん……？　舜くんは、戻らないの？」
「俺は……ちょっとこの子と話してから戻るわ」
　これがつぼみの望みだろ？

なぁ……。
「つぼみ？　聞こえなかったか？」
「き、聞こえたっ……」
「じゃあ戻れって。チャイム鳴るだろ？」
「でもっ……」
「つぼみ」
　どうしてつぼみが、泣きそうな顔すんの……？
「つぼみがいると話ができないから、外してくれる？」
　自分でも、言い方はキツかったと思う。
　けど、これ以上つぼみといたら、問い詰めてしまいそうだったから。
　傷つけてしまう気がした。
　つぼみはひどく悲しそうな顔で俺を見つめてから、振り返って校舎へ入っていった。
　はぁ……俺、ガキかよ。
「こ、高神さん……私、あの……高神さんのことが、ずっと好きで……だから、嬉しいですっ！」
「……キミも、早く教室戻れば？」
「……え？　で、でもさっき、話があるって──」
「あぁ、そうそう」
　……なにを期待したんだ？
　俺を好き？　本気で？
　……本気の意味、わかって言ってんの？
「今後いっさい、つぼみに近づくな。アイツになにかしたら、ただじゃおかないからな。……話はそれだけ。お前に

話すことなんか、それしかねぇよ」
「ひ、ひどい……」
「は？　なにが？　キミが勝手に理想かなんか知らないけど、幻想膨らませて俺を見てただけだろ？　俺はこういう人間。どうでもいい奴は、心底どうでもいいんだよ」
「……っ、最低っ……！」
　女はそう吐き捨て、走り去っていった。
　どうとでも言えばいい。
　俺を好きだなんて言う奴は、結局のところ見た目だけ。
　王子だなんだと囃し立てられているが、好き勝手に妄想するだけして現実を見たら幻滅する。
　俺は、空っぽの人間だからな。
　顔も中身も、母親に似たんだろうか。
　自分自身が、心底嫌いだ。
　そんなこと、口に出しては言わないけれど。
　でも……そうだな。
　こんな俺を、つぼみが好きになってくれるだなんて、夢を見すぎていたのかもしれない。
　こんなことで、つぼみをあきらめようと思えるほど軽い気持ちではないけれど、さっきのはけっこう……キツかった。
　だってもし、俺がつぼみの立場なら、協力だなんてできるわけがない。
　手紙を渡してくれなんて頼まれたら、その場で破り捨ててやる。
　けれど、だからって……さっきのつぼみに対しての態度

は少しひどかったか……。
　つぼみ、泣きそうな顔してたし……。
　思い出すと、罪悪感が湧いてくる。
　だからといって、今はつぼみに優しくできる自信もなく、今日はこのイライラしてどうしようもない気持ちをつぼみにぶつけてしまいそうな気がした。
　誰よりも、傷つけたくないと思っているのに。
　……ダメだ、今日はつぼみと会うのは極力(きょくりょく)避けよう。
　心配でたまらないけど、帰りも別々に帰ろ……。
　メールを打ち、送信する。
　俺は送信完了の文字を見て大きなため息を落とし、教室へと戻る道をたどった。

　その日は授業中も上の空で、内容も頭に入ってこなかった。
　ダメだな……俺。
　自分の情けなさにあきれ、机に顔を伏せる。
「おい舜‼　お前帰んねーのぉ？」
「……うっせ」
　恒例(こうれい)のうるさい奴が俺のもとへやってきて、ツンツンと肩を突いてくる。
「いつも授業終わったら急いで帰ってたのに〜！　めっずらし！」
「……黙れ」
「なーなー、暇ならカラオケ行こーぜ‼　フェス行ってから歌いたくてしょーがなくてさー‼　なあ‼　行こうぜ！」

空気が読めないのも、ここまで来ると度が過ぎている。
　　　ブチッと、なにかが切れる音がした。
「優介？」
「ん？　なにー？」
「今すぐ、俺の前からいなくなった方がいい。お前のために言っておく」
　　　俺はそう言って、笑顔を浮かべた。
　　　その表情を見て、優介が青ざめた顔になる。
「ひ、ヒッ……！　……バ、バカお前、ビビってなんかねぇからな!!　ちょ、ちょっと用事思い出して……お、俺帰るわ!!　じゃな!!」
　　　そう言い残し、教室を飛びだしていった。
　　　優介が空気を読めないのは今に始まったことじゃないし、あいつにも悪気があるわけじゃないということもわかっている。
　　　友人にさえも八つ当たりをしてしまう自分が情けなくて、ため息を吐きだした。
　　　あー、つぼみ、ひとりで帰れてるかな……。
　　　ヘンな奴に、絡まれたりしてないだろうか。
　　　俺から今日は帰れないって言ったくせに、心配で仕方ない。
　　　……会いたい。つぼみの顔が、見たい。
　　　……やっぱ、ダメだ俺。
　　　べつに、つぼみが俺を好きじゃなくても、いいじゃないか。
　　　女を毛嫌いして、存在すら疎ましく思っていた俺が、唯一好きになれた人。

この子なら信じられると思った人。
　……帰ろう。
　今日は時間を潰して遅くに帰ろうかと思ったけど、やっぱり無理だ。
　早く帰って、つぼみの笑顔が見たい。
　つぼみにとっての俺がどうであれ、俺にとってのつぼみは変わらない。
　唯一無二の、愛しい女の子。
　うだうだ悩んでいるのがバカらしくなり、もうそれでいいじゃないかと思った。
　そうと決まれば、早く帰ろう。
　急いで学校を出て、まっすぐに帰宅した。
　もしかすると、つぼみはまだ帰ってきていないかもしれない。
　俺が先に家に着いたら、帰ってきたつぼみを笑顔で迎えよう。
　足取りはとても軽く、気分もとてもよかった。
　この時、までは。

　――ん？
　家の前に、目を疑うような車が停まっている。
　リムジン？　……は？
　なんであんな車がうちの前に……？
　……って、つぼみ？
　リムジンから降りてきたのは、つぼみ……と、コウタと

かいう男だった。
　俺の中で、なにかが崩れる音がする。
　ふたりは、楽しそうに笑いながら話していた。
　……なんだ。
　心配してたけど、ソイツに送ってもらったのか。
　もしかしたら、今日キツく当たってしまったことでつぼみを不安にさせてしまったんじゃないかと考えていたけれど、あの様子じゃそれはなさそうだ。
　つーか、俺といる時より楽しそう。
「つぼみ……？」
　俺の声に、つぼみがこちらを向く。
　俺の姿を瞳に映したとたん、おどろいた表情をした。
「舜くん……！」
「……おっと、タイミングがわるかったかい？」
　つぼみの隣で、男は悪気のなさそうな顔で笑った。
「そんなにらまないでほしいな。まあ今は……おとなしく、邪魔者は退散するよ」
　やけに今はを強調する男を、横目でにらみつけた。
　コイツが、つぼみに気があるのは確実だ。
　じゃあ、つぼみは？
　男が苦手なくせに、コイツといる時は楽しそうだし……
満更でもないんじゃねーの？
　邪魔者……か。
　もしかすると、この場でいちばん邪魔なのは、俺かもしれない。

「また明日、つぼみちゃん」
「はいっ……ありがとうございました」
　つぼみはそう言って男に手を振って、男の後ろ姿を見送った。
　その姿に、心臓がズキッと痛む。
「アイツに送ってもらったのか?」
　自分でも、わかりやすいほど不機嫌な声。
「うん……」
「……そ。ずいぶん仲いーな」
　それ以上なにも言わず、つぼみに背を向け家のドアを引いて中に入る。
　後ろから、あわててつぼみも追いかけるようにして入ってきた。
「しゅ、舜くんっ、あの、話が……あるの」
　ガチャリ、と、ドアが閉まった音と、つぼみの声が同時に玄関に響いた。
　話?
「なに? アイツと帰るの楽しかったって話?」
　そう言って振り返った俺は、いったいどんな表情をしていたのだろうか。
　つぼみが、怯えたように肩をすくめた。
「そういえば今日、用事があったから一緒に帰れなかったんじゃないの……?」
「用事は……まぁ、あったっちゃあったけど」
「も、もしかして……朝の女、の子?」

「それって、つぼみに関係ある？」
「ごめん、なさい……」
　……っ、くそ……。
　感情的になって、キツい言葉しか返せない自分に苛立つ。
　案の定、つぼみは俺の態度に悲しそうな顔をしてうつむいてしまった。
「……告白された」
　けれど、俺のその言葉に、パッと顔をあげる。
　……まあ、告白以前にすぐ追い払ったし、好きだって言われただけだけど。
　俺はたぶん、試したかったんだと思う。
「俺のこと、めちゃくちゃ好きなんだって」
「返事は、したの……？」
「まだ」
　つぼみが、俺のことをどう思っているのかを。
「でも……まあどっちでもいいかなって」
「舜くんは、その子のことが好きなの……？」
「さぁ？　でも、好かれてわるい気はしないし、フル理由もないだろ。付き合うのもありかな」
　嘘ばかりを、つらつらと並べる。
　つぼみ以外の女と、付き合おうだなんて俺が思うわけがない。
　つぼみ以外の女から好かれたって、迷惑でしかない。
　俺はもう本当に、つぼみだけが好きなんだよ。
「そ、っか……」

少しでも、嫌だと言ってくれないかという思いにすがり、ついた嘘だったけれど、結果なんて、初めから決まっている。
　ほら、つぼみはなにも言わない。
　この恋は完全に、俺の一方通行だから。
　ガキかよ、と、自分自身に突っ込みたくなる。
　こんな駆け引きみたいなことして、しかも大コケして、滑稽すぎる。
　返事はいつまででも待つって、言ったのはどこのどいつだ？
　完全に脈ナシの態度を取られたからって、ほかの男といい雰囲気になっているのを目撃してしまったからって……こんな自暴自棄なことすんの、情けなさすぎるだろ……。
　ダメだ、とりあえず話を早く切りあげて、シャワーでも浴びて頭冷やそ……。
　それで、謝ろう。ひどい態度とってごめんって。
「……で？　話ってなに？」
　とにかくこの場から逃げだしたくて、話を終わらせるよう切りだす。
「……ううん。なんでもない」
「いや、さっきあるって言っただろ」
　……つぼみ？
　うつむいたまま、一向に顔をあげようとしないつぼみ。
　そっと、肩に手を伸ばした時だった。
「……な、なくなった」
　泣き声に混じったような、消え入りそうなつぼみの声が

聞こえたのは。
　……待って、もしかして……泣いてんの？
「つ、ぼみ……？　泣いてんの？」
　まちがいない。
　つぼみは、小さな肩を震わせて、うつむきながら泣いていた。
　……俺、最低だ。
　嫉妬して当たって、好きな女の子を泣かせてしまった。
　一気に我に返り、先程までの自らの言動に罪悪感がフツフツと湧き上がってくる。
　俺はとっさに、つぼみを抱きしめた。
「わるい、俺の言い方キツかった」
　つぼみだけには、優しくしたいと思っていたのに……泣かせてしまった。
「う、ううん、舜くんはなにもわるくないっ……」
　つぼみはそう言いながら、俺から離れようとしているのか、体を押しのけてくる。
「ちょっと待て、つぼみ」
「お、お願い……離して……っ」
　離してって……そんな、泣きながら言われて、離せるかッ……。
「無理。なんで泣いてんの？」
「や、やだ、やだやだっ……離してっ、うっ、うっ……」
　腕の中にいるつぼみが、首を左右に振って抵抗する。
「今、舜くんといたくないっ」

自業自得なのに、その言葉に胸を締め付けられる自分がいた。
「だ、めだよ、彼女がいるのに、私にこんなことしちゃ、ダメだよっ……！」
　さっきの嘘を真に受けているのか、誤解したつぼみがそんなことを言いだす。
「なんで？　俺が好きなのはつぼみだって、言っただろ？」
「でも、あの女の子と付き合うんでしょっ？　舞くん、さっきそう言った……っ。言ってること、めちゃくちゃだよっ……」
　たしかに、自分でもそうだと思う。
　でもさ、その言い方はまるで、俺がほかの女と付き合うことを、嫌だと言ってるみたいに聞こえるけど……？
　つぼみ、お前は……どうしてそんなに泣いてるの？
「私は、私はっ、舞くんのこと好きになっちゃったのにっ。ほかの女の子のとこ行かないでって、私のことだけ好きでいてほしいって、言おうと思ったのにっ……」
　目にいっぱい溜めた涙を流しながら、つぼみが言葉を並べた。
「すぐに変わるような気持ちなら、言わないで、ほしかったっ、優しく、しないで……っ」
　……は？
「なに言ってんの？」
　ちょっと待て、話が見えない。
　……いや、本気で待って。

今、つぼみはなんて言った？
「離して、っぅ」
　俺の腕から逃れようと、必死にもがく小さな体。
　もちろんそんな弱々しい力で逃れられるはずがなく、そして俺が離すわけもなく、つぼみは俺の腕に捕らえられたまま。
　これは夢かと、本気で思った。
　だって、つぼみの口から、とんでもない言葉が飛びだしたから。
「なぁ、俺のことが好きって言った、のか？」
　どうか聞きまちがえでありませんように、と、柄にもなく祈りたくなる。
　神に祈る思いで聞き返せば、つぼみは下唇を噛みしめながら眉の端を頼りなさげに下げた。
「どうして、そんなこと、聞くのっ……ひ、ひどいよ……っ」
「待って、本当に？　つぼみ、本気で言ってるのか？」
「き、嫌いっ……」
「うん、わかったから。なぁ、俺のこと好き？」
　嫌だ嫌だと首を横に振り続けるつぼみの背中を、一定のリズムで優しくたたきながら、落ち着かせた。
　でも、落ち着いていないのは俺の方で、心臓がすごい速さで脈を打っているのがわかる。
　つぼみが、俺を好きと言った……？
　もしこの涙が、俺を想ってのものなら——。
「……っ……好きっ」

——もう俺は、歓喜(かんき)で死んでしまうのではないかとさえ思ったんだ。
　時が止まったような錯覚(さっかく)さえ覚える。
　たしかに言ったのだ。つぼみが、俺を好きだと。
　……っ、待って。
　全身が身震いする。もう頬がゆるむのも抑えられなくて、平常心なんて保ってられない。
「ヤバいっ……俺、嬉しすぎてどうにかなりそう」
　嘘だろ……マジかよ、つぼみが……俺を好き？
　なんだよそれ、嬉しすぎるだろ。今すぐ飛びあがって踊(おど)りだせそうな気分だ。
「舜くん、言ってることわかんないっ、ひっく……さっき、付き合うって、言ったのに……っ！」
　泣きながら、必死に言葉を並べるつぼみが愛しくて仕方なくて、抱きしめる腕の力を強める。
　あぁ、俺ばかりが喜んでいる場合じゃない。
「つぼみ、聞いて。さっきのは嘘だから、俺はほかの女となんか付き合わないよ」
　早く、このありもしない、自分で招いた誤解を解かないと。
「うそ……っ？」
「うん、ごめん。さっきつぼみが男といたの見て、嫉妬してありもしないこと言った。泣かせてごめんな……？　俺が好きなのはつぼみだけ。今朝の女は、ちゃんと断ったから」
　もうそれは必死に、すがるような声で誤解を解こうと弁

明する俺を、下唇を噛みしめながら見つめてくるつぼみ。

泣きすぎて紅潮した頬と、身長差から生じる上目遣い。極めつけに、涙でうるんだ瞳。

この可愛すぎる生き物は、今から俺の、俺だけの彼女だ。

もう絶対、誰にも渡さないし離さない。

「それ、本当……？」

涙が少し引いたのか、おそるおそるといった感じで問いかけてくる。

「ほんと。俺が好きなのはずっとつぼみだけ。嘘ついてホントにごめん、泣かせてごめんな……？　だから、俺のこと信じて……」

抱きしめる腕に、想いを込めた。

「っっ、ひ、ひどいよっ……私、もう飽きられちゃったかと思って、もう、フラれちゃうかと思って……っ」

——あー……。

……っ、可愛すぎる。

もう、その言葉しか出てこない。

こんなにも泣かせてひどいことをしたと反省しているけれど、俺のためにここまで泣いているのかと思うと、バカみたいに舞いあがってしまう。

さっきまで、イラついていた俺はどこへ行ったのやら。

もう今は、世界一幸せだと叫べるほどに、俺は満たされていた。

「つぼみ……好きだよ。俺と、付き合って？」

「……ん、うんっ……舞くんの、彼女になりたいっ……」

つぼみは、泣きながらも懸命に、俺を見つめてそう言ってくれた。
「あー、つぼみ、俺幸せでどうにかなりそう」
　浮かれすぎだと言われたって、もうなんでもいい。
　つぼみを抱きかかえて、その場でくるりとまわる。
　細い首筋に顔を埋めて、力強く抱きしめた。
「わ、私もだよっ……」
「なぁホントに？　今でも信じらんねーんだけど、つぼみが俺を好きとか……ホント無理だって、ニヤける」
　どうやら俺は頭のネジがいくつかぶっ飛んでしまったようで、もう自分でもこの奇行を止められなかった。
　つぼみも、俺のはしゃぎようにおどろいているみたいで、目を見開いている。
　ヤバい……こんな浮かれてたら引かれるって、落ち着け俺。
「ほ、ホントに好きだよ……？　大好きっ……」
　…………。
　いや無理。これが落ち着けるわけがない。
　つぼみは可愛すぎる発言をし、はずかしいのか俺の肩に顔を埋めてぎゅっと抱きついてきた。
　ノックアウトなんてものじゃない。
　完全に、心臓を射抜かれた。
「つぼみ」
「きゃっ……！」
　リビングのソファにつぼみを寝かせて、押し倒すような体勢になる。

「舜くん……？」
「お願い、目、つぶって……？」
　俺の言葉に、つぼみはこれから起きることがわかったのか、顔をまっ赤に染める。
　そして、ゆっくりと目をつぶった。
「つぼみ」
　耳もとで名前を呼んで、頬に唇を落とす。
　そして……。
「好きだよ」
　俺はこれでもかと甘くささやいて、小さなその唇に、自分の唇を重ねた。
　キスが甘いだなんて、嘘だと思っていた。
　その甘さと柔らかさに、めまいがする。
　ゆっくりと距離を作ると、目を開けたつぼみと視線が交わった。
　先程よりもまっ赤になった顔が可愛すぎて、その瞳に吸い込まれそうになる。
「ふぁ、ファーストキス……しちゃったっ……」
　つぼみははずかしそうに顔を両手で覆って、顔を隠しながらそう言った。
　……なに、可愛いこと言ってんの？
「……っ、もうどうなっても知らないからな」
「え？　しゅ、舜く……んぅっ……」
　まんまとつぼみの可愛さにやられた俺は、顔を覆う手を少し強引にどけて、もう一度その唇に口づける。

今度はすぐに離れるような可愛いキスではなく、貪るような長いキス。
　何度も角度を変えて、小さくて可愛い唇を味わうように重ねた。
「……んっ」
　時折漏れるつぼみの甘い声に、俺は残り少ない理性を保つのに必死だった。
　少しずつつぼみの可愛い一面を見ていきたいので、今日は深いやつは我慢する。
　つぼみの漏れる声が苦しそうになってきたので、俺は名残惜しいと思いながら唇を離した。
「……はぁっ……舜くん……っ」
　くそ……ヤバい、これは生殺しすぎる。
　息が切れたのか、つぼみは肩を上下させ必死に呼吸をし、頬は紅潮して瞳にはうっすら涙が。
「苦しかったか……？　急にごめんな？」
「ん、ううん……、苦しくはないよ……？」
「ホント？」
「うんっ……ちょっと心臓がドキドキしすぎて、たいへんなだけっ……」
　もうなに、これって計算なのか？
　無自覚でなに言ってんの、この子は。
　もうやめて、可愛すぎるから……。
　あまりの殺し文句に、めまいどころじゃ済まない。
　天然って、怖すぎる……。

「無自覚にもほどがあると思うんだけど」
「え……?」
「つぼみが可愛すぎて、離したくないなって」
　素直にそう言って、華奢な体を抱き寄せる。
　すると、つぼみもぎゅっと抱きしめ返してくれて、突然俺の胸に頬をすり寄せてきた。
「私も……もうちょっと、こうしててほしい」
　……あーあ。
　もうダメ。今のは完全に反則だ。
　俺はなにもわるくない。
　というか、この可愛さを前にして我慢できる男なんていないに決まってるだろう。
「つぼみ、もっかいしよっか?」
「え、えっ……?」
「嫌?　でも、つぼみに拒否権ないから」
　……俺を暴走させた、責任は取ってもらわないと。
　つぼみも俺も、今日のすれちがいを埋めるように、甘い時間を過ごした。
　あまりの可愛さに翻弄されながら、この先俺の心臓はもつのだろうかと、本気で心配になったけど……もう、そんなのどうでもいいか。
　つぼみが俺の隣にいてくれるなら、もうなんだっていい。
　そんなことを思いながら、幾度となく、つぼみがギブアップを宣告するまで、俺たちは甘いキスを交わした。

0 3 ♥ ROOM

甘すぎる王子さま

　休日の、午前9時。
　そろそろ、舜くん起こしに行こうかなぁ……。
　今日は日曜日なので、いつもより遅い朝。
　舜くんは起こす人がいないと、いつまでも寝てしまうみたいなので、休日は9時に起こすことになっている。
　部屋の扉を3回ノックして、中に入った。
「舜くーん……、おはよう……」
　少し小さめな声で言ったけれど、夢の世界にいる舜くんには届かなかった様子。
　私は舜くんの顔を覗き込むように座って、気持ちよさそうに眠る寝顔を眺めた。
　ホント……見れば見るほどキレイな顔してるなぁ。羨ましいっ。
　肌もぜんぜん荒れてなくて、キレイで、ニキビひとつない。
　ふふっ、起こすのかわいそうになってきた……。
　あまりに気持ちよさそうに眠っているので、私は頬をツンツンとつついた。
「舜くーん、起きてー」
「…………」
「起きないとイタズラしちゃうよぉ」
　ふふっ、ぜんぜん起きない……。
　すやすやと眠るその頬に、ちゅっと口づけた。

とたん、自分の行動にはずかしくなって、顔が熱を持つ。
　すると、突然腕をつかまれた。
「……！」
「イタズラするなら口にしてほしいんだけど？」
「しゅ、舞くん、起きて……!?」
「起きてるよ。ほら、おはようのキスは？」
　イタズラっ子みたいに微笑んで、私にキスを催促し目をつぶった舞くん。
　え、わ、私から……？
　はずかしくてどうしていいかわからず、あたふたしていると、後頭部をつかまれる。
　そのまま、強引に顔を引き寄せられ、唇が重なった。
「つぼみがしてくれないから、自分でしちゃお」
　ニヤリと口の端をあげる表情がかっこよくて、目をキッくつぶる。
「ほら、もっとこっちおいで」
　舞くんは、腕の力だけで私を持ちあげて、ベッドに寝かせてきた。
　押し倒されるみたいな体勢になって、目の前にすぐ、舞くんの顔が。
「しゅ、舞くん……っ」
「んー？」
　とまどう私に、舞くんは容赦なくキスの雨を降らせた。
　舞くんと付き合うことになってから、おはようのキスが恒例みたいになっている……。

いつも決まって舜くんから。　私がヘトヘトになるまで離してくれない。
　私からキスしたことは……まだ、ない。
「しゅ、んくんっ……」
「ふっ、可愛い」
　何度も角度を変えてくっついてくるそれに、頭がぼうっとする。
　なんだかクラクラしてきて、私は舜くんのキスを受け入れるだけで精いっぱいだった。
「あー、朝から幸せ」
「ぅ～……舜くん、おはようのキスは必要なの……？」
　ようやく解放されて、力が入らない私は、舜くんにもたれかかるように抱きつく体勢に。
　ま、毎朝こんな……ドキドキしちゃって、心臓もたないよぉ……。
「俺とのキス、嫌？」
「嫌じゃ、ないよ？　で、でも、心臓もたないっ……」
「……なに可愛いこと言ってんの？　煽ってる？」
　舜くんはもう一度、ちゅっと触れるだけのキスをして、私を抱きしめた。
「つぼみが慣れてきたら、もっとすごいキスするつもりだから」
「え、えっ……!?」
「困った顔も可愛い」
「……っ！」

舜くんと付き合いはじめて、困ったことがいくつかある。
　ひとつは、さっきみたいに、ふたりきりになったらスキンシップが激しくなること。
　それと……こうして、可愛いと連呼してくること。
　もう口癖なんじゃと思うくらい、舜くんは可愛い可愛いと言ってくる。
　それがはずかしくて、いつもどう返していいかわからない。
　私を可愛いなんて言うもの好き、舜くんだけだよっ……！
「しゅ、舜くん、朝ご飯食べよ……？」
「そうだな。顔洗ってくるわ」
　そう言って、舜くんは洗面所に向かった。
　私はキッチンに戻って、朝ご飯をよそい、並べる。
「今日もうまそ。あ、だし巻きある」
「舜くん、いつもおいしいって食べてくれるから」
「うん、つぼみのだし巻き最高に好き」
　そう言われて、嬉しくて頬がゆるんだ。
　ふたりで手を合わせて、ご飯を食べる。
「今日の17時頃だって、お母さんたち家に着くの」
「あー……帰ってくんのか……」
　今日は、5日間出張に出かけていたお母さんとシンさんが帰ってくる日。
　この5日間、ずっとふたりきりだったから、なんだか慣れてしまった。
「新婚みたいで楽しかったのに」
「し、新婚っ……？」

「親父たちいたら、堂々とイチャイチャもできないしな」
　しゅ、舜くんってば……！
　平然とした態度でそんなことを言うから、私は聞かないフリしてご飯をパクッと口に入れた。
　そういえば……私たちのことって、ふたりに話すのかな？
　なんだか両想いになったのが夢みたいできちんと考えていなかった。
　一応私と舜くんは、兄妹となるはずだったふたりで、私たちが付き合いはじめるなんてお母さんとシンさんが聞いたら……。
　一瞬、不安が脳裏を過った。
「どうしたつぼみ？」
「えっ？　な、なんでもないよ？」
　黙り込んでしまった私を心配してくれたのか、舜くんの問いかけに笑顔を返す。
　もし私と舜くんが付き合うなら、再婚はなしになる……とか、そんなことにはならないよね……？
　せっかく決まった、シンさんとの再婚。
　お母さんは今までたっくさん苦労をしてきたから、幸せになってもらわなきゃ困る。
「お母さん、日本食が恋しい〜って言ってたから、今日は和食にしよっか」
「俺はつぼみが作った飯ならなんでもいい」
　ま、また……さらっとそんなことを……。
　舜くんって、ズルい……っ。

甘すぎる舞くんに、私はドキドキさせられっぱなしだ。

　ちょうど、17時になった頃。
　テレビを見ながら、ソファに座る。
　けれど、その座り方が少しおかしくて……。
「しゅ、舞くん……？」
「ん？　どうした？」
「ふ、普通に座りたい……」
「ふっ、ダーメ。親父たちが帰ってくるまでは俺に独り占めさせて？」
　そ、そんなこと言われてもっ……。
　今の状況は、ソファに座る舞くんの上に、私が座っている状態。
　後ろから抱きしめられ、肩に顎を乗せられていて、舞くんが近すぎてテレビに集中できない。
「フーッ」
「ひゃわっ！」
　突然首筋に息を吹きかけられて、ヘンな声が出た。
「『ひゃわっ』てなに？　可愛すぎるって」
「しゅ、舞くんが急に、息吹きかけたりするからぁっ……！」
「そんな涙目で怒られても怖くないよ。はい、キスするから体勢こっちな」
　いったいなにが舞くんのスイッチを押してしまったのか、完全に野獣モードになってしまった舞くんが、私の体をくるりと半周させる。

向き合う体勢になって、あまりのはずかしさに私はジタバタと抵抗した。
　こ、これははずかしすぎるっ……！
「ま、待って舜くんっ……！」
「無理。待てねー……」
　片手で私の腰を支え、もう片方の手で私の後頭部を優しくつかむ舜くん。
　ぐいっと距離を縮められ、唇が触れ合う……。
　寸前だった。
　──ガチャリッ。
「ふたりとも、ただいまー！」
　玄関から、ふたりの大きな声がする。
　お、お母さん！　シンさん！
　舜くんはあからさまに嫌そうな顔をし、大げさにため息をついた。
　さすがの舜くんも解放してくれて、リビングの扉を開けふたりで出迎える。
　久しぶりに見たふたりは、相変わらず元気そうでホッとした。
「おかえりなさいっ！」
「ただいまつぼみ～！　元気にしてた!?」
「うん。とっても」
　ニコッと微笑むと、お母さんにぎゅーっと抱きしめられた。
「ふたりとも、長く家を空けてすまなかったね。お留守番ご苦労様。舜とふたりで不便はなかったかい？」

「はい！　舜くんもおうちのこと手伝ってくれて、なにも問題なかったです」
「それはよかった。ふたりにお土産を買ってきたんだ」
　シンさんはそう言って、私と舜くんそれぞれに紙袋を渡してくれた。
「ありがとうございます！」
　中身は、素敵なティーカップとソーサー、そして袋に入った茶葉とコーヒー豆だった。
「ニカラグアのマナグア市というところに、コーヒー豆の直輸契約をお願いしに行っていたんだ。最近日本でもよく飲まれていてね。交通が少し不便で、５日間もかかってしまったんだよ」
「へぇ〜、私も聞いたことあります、このコーヒー豆」
「つぼみちゃんは紅茶やコーヒーに詳しいね。毎朝紅茶を飲んでいるから、よかったらと思って買ってきたんだ」
「嬉しいです！　それに、このティーカップもすごく素敵です……ありがとうございます」
　さっそく、明日はこのカップで紅茶をいただこう。
「親父……なんだよこれ」
　不機嫌な舜くんの声が聞こえ、舜くんの方を見る。
　すると、舜くんの手には、たぶんスペイン語で書かれた雑誌が握られていて、表紙には美しい海外美女。
「舜は女の子に興味がないからね。もしかしたら海外美女が好きなのかと思って」
「……バカかよ。息子にこんなもん買ってくんな」

舜はその雑誌をゴミ箱に捨て、チッと舌打ちをする。
　す、捨て……せっかく買ってきてくれたのにっ……。
　でも……少しだけ安心してしまった。
　美女の載った雑誌を舜くんが見ていたら、きっとモヤモヤとした気持ちになっちゃうと思ったから。
　わ、私って、心がせまいっ……。
「あーあ、せっかく買ってきたのに。舜は本当、いつになったら彼女のひとりやふたり、連れてきてくれるんだろうか……」
「ひとりやふたりって、おかしいだろ。つーか、彼女なら——」
「ふたりとも、お腹空いてませんか!?」
　ス、ストーーップ!!
　しゅ、舜くん、今なに言おうとしたのっ……？
　あわてて、止めた私に、シンさんは少し不思議そうな顔をしたあとに笑った。
「ああ、そうだね！　日本食が恋しいと思っていたんだ」
「そうなのよぉ！　向こうではファストフードばかりだったしね」
「も、もうご飯作っちゃったので、食べますか？」
　ふたりは目を輝かせて、うなずいた。
　よ、よかった。なんとかごまかせた……。
　それにしても、舜くんもしかして、私たちのこと言うつもりだったのかな？
　そ、それはないよね？

さすがに、まだ早いと思うし、舜くんだってわかっているはず。
　私の……かんちがいだよ!
「すぐに用意しますね!」と言って、キッチンに向かう。
　私は、この時気づいていなかった。
　舜くんが、私を見ながら、不思議そうな表情を浮かべていることに。

心の準備

　みんなでご飯を食べたあと、バラエティー番組を見ながら久しぶりの家族団欒(だんらん)。

　お母さんとシンさんは、契約完了のお祝いと称して現地で買ってきたらしいお酒を何本も飲み、酔い潰れたようにソファで肩を並べ寝てしまった。

　ふふっ、仲よしだなぁ。

　ふたりに毛布をかけて、風邪を引かないようにした。

「親父もマスミさんも、お酒弱いって言いながら飲みすぎだろ……」

　お風呂からあがったのか、濡れたままの髪で出てきた舜くん。

「ふふっ、お疲れだったんだろうね。私も、お風呂入って寝ようかな」

　洗い物も片づけたし、洗濯物も畳んだし……よし、全部済んだ。

　リビングから出て浴室へ行こうとした時、舜くんに手をつかまれる。

「……？」

「つぼみ、風呂あがったら部屋来て」

　不思議に思いながらもこくりとうなずけば、舜くんは先に部屋へ戻っていった。

お風呂から出て、舜くんの部屋に行く。
　ノックをしてから扉を開けると、イスに座って勉強中の舜くんの姿。
「どうしたの？　舜くん」
「んー、ちょっとそこ座って」
　舜くんはベッドを指差してそう言って、私は言われるがままに座った。
「あのさ……」
　真剣な瞳。
　なんだろう……暗い話？
　も、もしかして、別れ話……!?
「親父たちのことなんだけど」
　どうやら別れ話ではなかったようでホッとする。
「俺たちのこと、ちゃんと言おうと思うんだ」
　けれど、舜くんの次の言葉に私は目を見開いた。
「えっ……？　私たちのこと？」
「うん。付き合ってるって」
　え、えぇ！
　そ、それは……。
「ま、まだ早いんじゃないかな！　付き合いはじめてから、数日しかたってないし……」
「俺、隠し事とか嫌いだし。なによりこういうことはちゃんと言わなきゃいけないと思うんだよ」
　たしかに、それはそうだけど……。
　舜くんの気持ちはわかるし、私もいつかは言わなきゃい

けないと思ってる……。
　思ってる、けど……。
「もう少し、待ってもらえないかな……？　今は、ふたりには内緒じゃダメ？」
　心の準備が、できてない。
　だって、もしこれでふたりの再婚がなしになったりでもしたら……。
　そんなわるい方向にばかり考えてしまって、私はうなずくことができなかった。
「理由、聞いてもいいか？」
　いつになく真剣な舜くんに、おもわず目をそらしてしまう。
「つぼみ？」
　優しい声で名前を呼ばれたけれど、私はその声に不安が混じっていることに気づいていた。
　ダメだ、ちゃんと言わないと。正直に。
「私たちが付き合ってるって知って、ふたりの再婚がなしになっちゃったりしないかなって……」
　不安に思っていることを伝えれば、舜くんは真剣な表情を崩さずに、じっと私を見てくる。
「もしそうなったら、つぼみはどうする？」
　……え？
「俺と、別れる？」
　ドキッと、した。
　舜くんと、別れる……？
「そ、そういうことじゃなくて……」

もし本当に、そうなったとして、私はどうするんだろう。
　舞くんと、お母さんの幸せを天秤(てんびん)に掛けたら、私は……。
「私は、お母さんに幸せになってほしくて……その幸せを、私が壊したくないって、思ってる」
　そんな難しいこと、わからないよ……。
　でも、私は舞くんとずっと一緒にいたくて、別れたくなんてない。
　けど、お母さんには幸せになってほしい。
　いろんな感情が私の中に共存していて、今すぐに答えなんて出せなかった。
　そんな卑怯な私に、舞くんはいつもの優しい笑顔を向けてくれる。
「わかった。待つよ」
　舞くん……。
「ありがとう。ごめんね、私、はっきりしなくて……」
「ううん、俺がいつも急ぎすぎなだけだから」
　困ったように笑って、私の頭をなでてくれる舞くん。
　私はその手が気持ちよくて、頬を擦りつけた。
「それじゃ、今日はもう寝よっか？」
　……あれ？
　ひとつの、違和感が現れる。
「うん……おやすみなさい」
「ん。おやすみ」
　立ちあがった私の頭を、舞くんの手がポンっと優しくたたく。

私は不思議に思いながらも、自分の部屋に帰った。
　……今日は、おやすみのキス、なかったな。いつもなら舞くん、絶対するのに。
　そういえば、抱きしめてもくれなかったな……と思ったけれど、なんだかそんなことを思っている自分がはずかしくなってきて、その日はすぐに眠りについたのだった。
　その時は気のせいだと思っていたけれど、その違和感は、時がたつにつれ姿を露わにしていく。

　次の日の朝。
　シンさんとお母さんがくれたティーカップに紅茶を注ぎ、少しずつ飲む。
　おいしい。レモンティーにして飲むと、爽やかでいいかもしれない。
　そんなことを思いながら、あっと思い立つ。
　そうだ。たくさんあるし、コウタさんに持っていこう。
　舞くんと付き合うことになった日、コウタさんにはすぐにメールで報告した。
　おめでとうと返事がきて、コウタさんも喜んでくれた。
　けれど、それ以来学校では会っていないし、メールもしていない。
　コウタさんが背中を押してくれたから付き合えたようなものなのに、私ってば直接お礼も言わないで……。
　今日、生徒会室に遊びに行こうと思い、茶葉をラッピング用の袋に移す。

それにしても、ひとりでコウタさんのところに行くのって、どうなんだろう？
　コウタさんはお友達で、やましいことなんていっさいないけれど、男の人だ。
　もし舜くんが、女の子の友達とはいえ、ふたりで会っていたら……ちょっと不安。
　ふとそんなことを思い、私はメールを打つ手をいったん止めた。
　……そうだ！
　今日、お昼休みにお友達を連れて生徒会室にお邪魔してもいいですか……っと。
　メールを打って、送信した。
　サキちゃんと、お邪魔しよう。
　サキちゃんなら、コウタさんと仲よくしたいって言ってたし、きっと一緒に来てくれるはず。
　すぐに返信がきて、内容は【もちろんだよ】というもの。
　よかった。サキちゃんもいれば、ふたりきりじゃないもんね。
　……あ、そろそろ、舜くんを起こしに行こう。
「舜くーん、朝だよー」
　部屋に入って、すやすやと気持ちよさそうに眠る舜くんを揺する。
　んっ……と不機嫌そうな声を漏らし、舜くんはいつもよりあっさりと目を覚ました。
「つぼみ……？」

「舜くん、おはよ。学校だよ」
「うん、起きるわ……ありがと」
　……あれ？
　体を起こして、ベッドから出る舜くん。
　今日は、おはようのキス、しないの？
　……って、私、ハレンチだっ……！
「先にリビング戻ってるねっ！」
　急いで部屋を出て、階段を下りる。
　昨日から、なんだかキスしてもらいたがってるみたい、私っ……。
　はずかしくって、顔がまっ赤になる。
　こんな顔じゃみんなの前に行けないので、静まれ～っと洗面所で頬をパチパチとたたいた。

　今日も、相変わらずの満員電車。
　舜くんが私のカバンを持ってくれるのも、かばってくれるのも恒例のようになっていて、毎回感謝の意を伝える。
「やっと学校着いたねっ……」
「電車はもう慣れたか？」
「うーん。舜くんが一緒にいてくれるから、ずいぶんラクだけど、まだ慣れないかも……」
　そう言って苦笑いすれば、舜くんも微笑みを返してくれた。
「そういやさ、つぼみって昼飯どこで食べてんの？」
「教室だよ。サキちゃんと食べてるの。舜くんは？」
「俺も、クラスの奴と屋上で食ってる」

「え？　屋上って鍵かかってるんじゃ……」
「腐れ縁の奴がさ、鍵持ってんの。それで」
　す、すごい……！
　屋上は鍵がかかっていて、完全に生徒が入れない場所だと思っていたから、初めて聞く話におどろいた。
　そういえば、舞くんからお友達の話を聞くのも初めてかもしれない。
　舞くんの友達ってどんな人だろう？
　友達と話している舞くんが想像できなくて、妄想力を働かせる。
「よかったらつぼみもおいでよ。静かだし、今の時期ちょっと寒いけど」
　……え？
「いいの？　それじゃあ、サキちゃんと行かせてもらうね！　あ、でも今日はコウタさんに……」
「……コウタさん？」
　舞くんが、先ほどよりも声のトーンを下げた。
　あきらかに反応した声に、私はあわてて弁明する。
「あ、この前ね、車で送ってくれた人いるでしょ？　生徒会長さんなんだけど、今日サキちゃんと生徒会室にお邪魔することになってて……」
「そいつとまだ仲いいの？」
「普通にお友達だよ？　サキちゃんも一緒だし、よかったら舞くんも――」
「いや、俺はいいや」

冷たく言い放った舜くんに、私は不安になってのぞき込むようにして顔色をうかがう。
　舜くん、怒っちゃった……？
　ご、誤解を解かないと……。
「あのね、舜くんとケンカしちゃった時、コウタさんが頑張れって応援してくれたの。だから、ちゃんとありがとうございますって言いに行きたくて……でも、舜くんが嫌なら、仲よくしないよ……？」
　コウタさんはとってもいい人だし、好きなものを共有できる数少ない人。
　友達で、いたいと思う。
　けど、舜くんが嫌だというなら……極力、仲よくするのも控える。
　舜くんが大好きだから、嫌われるのがなによりも嫌だった。
　じっと見つめていると、舜くんはいつもの優しい顔で笑う。
「いいよべつに。交友関係にまでつべこべ言うつもりないって」
　その言葉に安心したけれど、どこか突き放されたような気がして胸が痛んだ。

「じゃあな、また放課後」
　教室の前でバイバイして、自分の席につく。
「どうしたのよつぼみ、浮かない顔して」
　先についていたサキちゃんが、心配そうに見つめてきた。
「ううん、なんでもないよ。元気！」

「そうよね、あーんなイケメンの彼氏がいて元気じゃないわけないわよね〜」
「も、もう、からかわないでよっ……！」
　サキちゃんには、全部白状してしまったから、一から十まで知っている。
　それがなんだかはずかしくて、怒っているとアピールし、頬を膨らませた。
「ふふふふ、可愛い奴め」
　も、もう……サキちゃんってばいっつもからかうんだから……。
　なにか文句を言っちゃおうかと思ったけれど、私はあることを思い出した。
「そうだ。サキちゃん、今日生徒会室行かない……？」
「せ、生徒会室!?」
「コウタさんにね、紅茶を持って行きたいんだけど、友達と一緒に行きますって言っちゃって……許可もとらずに勝手に決めてごめ──」
「行く！　行くわ!!」
　私の言葉を遮って勢いよく立ちあがり、そう言ったサキちゃん。
　あまりの勢いにおどろいて、目をパチパチさせてサキちゃんを見た。
「つぼみ、あたし、アンタが親友でよかった……！」
　きゅ、急にどうしたの……？
　泣きマネをしはじめるサキちゃんは、いったいどうして

しまったのだろう。
「え、えぇ？」
「まかせて、この機会、ムダにはしないわ……あたしは絶対、コウタ先輩を射止めてみせる!!」
「え、えっと、頑張ってね……？」
　なんだかわからないけど、サキちゃんが瞳の奥に炎(ほのお)を燃やしているのが見えたので、応援することにした。

隠されていた恋

「失礼します」
　お昼休みになって、サキちゃんとふたり、生徒会室にやってきた。
　お弁当を一緒に食べようということだったので、私はお弁当と、渡す紅茶を持ってきた。
「いらっしゃい。どうぞ入って」
　コウタさんは、笑顔で私たちを招き入れてくれる。
　サキちゃんは、先程からそわそわしながら生徒会室を見渡していた。
「僕しかいないから、ゆっくりくつろいでね」
　そんなサキちゃんに気づいたのか、コウタさんはにっこりと微笑む。
　サキちゃん、目がハートだ……。
「あの、コウタさん。これ」
「……ん？　これは……？」
　私は、包みをコウタさんに渡した。
　不思議そうに包みを開き、中をのぞくコウタさん。
「紅茶と、コーヒー豆？」
「私の両親が、出張のお土産でくれたんです。よかったらコウタさんにもと思って……コーヒーは好きですか？」
　コウタさんは、一瞬固まって、またすぐにいつもの笑顔を浮かべた。

「コーヒー……大好きだよ。ありがとう」
　よかった……。
　私も微笑み返し、ソファに座る。
「彼女がつぼみちゃんのお友達かい？」
「はい。サキちゃんっていいます」
「は、はははははじめましてっ！」
　サキちゃんは、コウタさんを目の前に緊張してしまったのか、はを連呼。
　コウタさんが、堪えきれないといった風に笑いだした。
「ふふっ、はじめまして。２年の西園寺コウタと言います」
「ぞ、存じあげております……！　わ、私は、１年の……」
　──ピーンポーンパーン。
　言いかけたサキちゃんの声を遮るように、放送の音が鳴り響く。
『１年Ｂ組 東(あずま)サキさん、至急職員室に来てください』
　私たちの間に、沈黙が流れた。
　こ、こんな時に呼び出しなんて……。
「私は……東サキ、と、申します……」
「ははっ、すごいタイミングだね」
　コウタさんは再び笑いはじめて、私もおもわず笑ってしまった。
　サキちゃんはひとり、泣く泣くといった様子で席を立つ。
「う、すみません。行ってきます……」
「なにかあったのサキちゃん？　大丈夫？」
「もしかしたら課題提出のことかも……うっ、すぐに戻っ

て来ます……！」
「あはは……そっか。いってらっしゃい」
　すごい勢いで走って行ったので、きっとすぐに戻ってきてくれるはず。
「おもしろい子だね」
「はい。とっても優しいです」
　サキちゃんがいなくなって、コウタさんがそう言った。
　ふたりきりになり、私はコウタさんをじっと見つめる。
「あの、コウタさん……」
　そんな私に、コウタさんは首をかしげた。
「その節は、お世話になりました……！」
　頭を下げて、お礼を言った。
　本当に、今舞くんと付き合えてるのはコウタさんのおかげと言っても過言ではない。
　コウタさんは、私にとっての恋のキューピッド。
「ふたりがうまくいって、僕も嬉しいよ」
　コウタさん、本当にいい人……。
「高神くんとは、仲よくやってるのかい？」
　その質問に、ドキッとする。
　仲よく……やってるかと聞かれれば、仲よくできているとは思うのだけれど……。
　でも、昨日から舞くんの様子がおかしいのは明白で。
　きっと、私がお母さんたちに内緒にしたいって言ってからだ。
　その言葉が、舞くんを傷つけてしまったにちがいない。

「……なにか、あった?」
「い、いえ」
　返事に困って黙り込んでしまった私を、コウタさんが心配そうに見つめてくる。
「つぼみちゃん、僕がこの前言ったこと、覚えているかい?」
　え……?
「いつでも君の味方だよ」
　目の前にある笑顔が、冗談抜きに天使に見えた。
「ありがとうございます。でも、本当に大丈夫です」
「そうかい?　それならいいんだけどね」
　これは私と舜くんの問題なので、コウタさんに言うのはちがうと思った。
　心配してくれるのはすっごく嬉しかったので、お礼を言ってから笑顔を向ける。
　いつもこうして相談に乗ってくれて、嫌な顔ひとつしないコウタさん。
　そういえば、私ばかり聞いてもらっているけど、コウタさんはそういう話、ないのかな?
「コウタさんは、彼女とかいらっしゃらないんですか?」
　気になっていた質問を投げかけると、コウタさんの顔から一瞬、笑顔が消えた気がした。
「僕?　ははっ、いないよ」
　でも、気のせいかと思うほど一瞬で、次の瞬間にはもういつもの笑顔のコウタさん。
「好きな子は、いるけどね」

どこか遠くに目線を向けて、切なさを含む声でそう言った。
　コウタさんに、好きな人……？
「そうなんですかっ……！　コウタさんなら大丈夫ですよ。コウタさんみたいな素敵な人に想われてる女の子は、幸せ者ですね」
　きっと女の子も、すぐにオッケーすると思う。
　だって、コウタさんだよ？
　こんなに素敵で、優しくて、包容力(ほうようりょく)のある人、めったにいない。
　コウタさんなら、きっと誰だって……。
「……つぼみちゃん」
　──聞きまちがえかと、思った。
「って言ったら、どうする？」
「……え？」
　目を疑った。
　だって私、こんなにも真剣なコウタさんの顔を、見たことがなかったから……。
「僕の好きな人。つぼみちゃんだって言ったらどうする？」
「……っ」
　声が、出ない。
　金縛(かなしば)りにあったように動けなくなって、私はコウタさんの瞳から、視線をそらせなかった。
「なーんてね、冗談だよ」
　冗、談……？
「あ、あははっ……ビックリしたぁ……」

コウタさんがいつもどおりの笑顔を浮かべるから、私もごまかすように笑った。
本当に、ビックリした……っ。
ビックリ、した……。
――っ。
「コウタさん、あの、本当に……冗談ですか……？」
このまま、冗談にしちゃえばいいと思った。
コウタさんが笑ってるから、私も流せばいいのだろうと思った。
でも、それがとても残酷で、卑怯なことのような気がして――。
「……つぼみちゃんって、ヘンなところで鋭いんだね」
うつむいたコウタさんの、表情が見えない。
私は、どうして気づかなかったのだろうか。
いつだって助けてくれた。
味方でいてくれると言った。
その言葉の奥に隠されている気持ちに、私は今まで気づけなかった。
真剣なあの瞳に見つめられて、ようやくその恋の存在に気づいてしまった。
「うん。ごめんね、……そうなんだ」
息をのむ。
そう言って顔をあげたコウタさんが、今にも泣きそうな顔をしていたから。
まるでコウタさんの気持ちが、私の中に流れ込んでくる

みたいに、胸が苦しくてたまらなくなった。
　どうしよう……なにか、言わなきゃ。
　そう思うのに、言葉が出ない。
　私とコウタさんの間に静寂が流れ、おもわずこの場から逃げだしたいとさえ、思った時だった。
「ただいま戻りました!!　……って、あれ？」
　サキちゃんが戻ってきて、私たちの様子を交互に見てなにかを察したらしい。
「おかえり。早くお弁当、食べた方がいいかもしれないね。もうすぐ予鈴が鳴ってしまう」
「そ、そうですね！」
　コウタさんがうまくごまかしてくれたので、とりあえず3人でソファに座った。
　サキちゃんが来てくれて、よかった……。
　ホッと胸をなでおろした時、ケータイがポケットの中で震える。
「あっ……」
　画面を見ると、舞くんの名前。
「ちょっと失礼します」
【今どこ？】
　……？　今朝、たしか生徒会室に行くって伝えたよね？
　不思議に思いながらも、返信を打つ。
【サキちゃんとコウタさんと生徒会室にいるよ】
　打ち終わってすぐにケータイをポケットに戻し、残りのお弁当を食べた。

結局、それ以降返事は返ってこなかった。

「じゃあね、ふたりとも」
　お昼休みが終わってしまうので、サキちゃんとふたりで生徒会室をあとにする。
「つぼみちゃん」
　……コウタさん？
　背後から呼び止められ、耳もとでコソッとコウタさんが言った。
「放課後、少しだけ時間をくれないか？」
　ドキッ……。
　もしかして、さっきの話の、続き？
　ど、どうしよう……私、なにを言えばいいんだろう。
　困ってコウタさんの顔を見れば、コウタさんもまた、困ったような表情をしていた。
　……っ。
「わかりました」
　なにを迷っているんだ。
　背中を押してくれて、私の恋に付き合ってくれたコウタさんに、私が向き合わなくてどうする。
「ありがとう。生徒会室まで、来てもらっていい？」
「はい……」
　「待ってるね」と言う言葉を最後に、コウタさんは生徒会室に入っていった。
「つぼみ〜？　どうしたの？」

前を歩いていたサキちゃんが、不思議そうに私を見る。
「なんでもないよ！　ごめんね」
　あわてて駆け寄って、ふたりで教室までの道のりを歩いた。
　教室に着いて席につき、ケータイを開く。
　やっぱり、舜くんからの返事はなかった。
　それを不安に思いながらも、一通のメールを打つ。
【今日、先に帰っててください】
　そのメッセージにも、返信が来ることはなかった。

愛の欠片(かけら)

「失礼します」
「あ……来てくれた」
　もう見慣れた、生徒会室の光景。
　立派なイスに座っていたコウタさんが、立ちあがって振り返った。
「どうぞ」
「これ、コーヒー……？」
　ソファに座らせてもらった私の眼の前に置かれたのは、芳ばしい香りのするコーヒー。
　それは、先程私が渡したコーヒーだった。
「豆、挽(ひ)いたんですか？」
「うん。あらかた道具は揃ってるんだ」
　笑顔でそう答えるコウタさんに、なるほど、とうなずいた。
「いただきます」
　コーヒーを、一口飲む。
「ねぇ、つぼみちゃん」
　コウタさんも、少し口をつけてから、話を切りだした。
「コーヒーって、こんな味がするんだね」
　まるで、初めて飲んだかのような言い方。
「……え？」
　意味がわからなくて首をかしげれば、コウタさんは私の心を読んだのか、

「僕、初めて飲んだんだ」
　そう言って、微笑んだ。
　……うそ。
　生まれて、初めて？
「僕の父がね、コーヒー店の経営をしてて……西園コーヒー店っていうんだけど」
　その名前には聞き覚えがある。
「知ってます」
　というより、西園コーヒーって言えば、誰もが知っている有名なチェーン店だ。
「もともと、祖母が経営していた紅茶専門店だったんだ」
　そう、だったんだ。
「早くに亡くなった祖父は紅茶が大好きで、その気持ちを引き継ごうと祖母が始めたんだよ」
　私は、コウタさんの話にカップを置いて耳を傾けた。
「僕は祖母が大好きで……」
　そう話すコウタさんの顔はとても柔らかいもので、本当におばあちゃんが大好きなんだろうと思う。
「経営者が父に代わったとたん、ちょっとした方針のちがいで、店の名前も変わって、コーヒー専門店になった」
　たしかに、コーヒーの専門店はいくつもあるし、このあたりは激選区だけれど、紅茶専門店というのはあまり聞かない。
　だからこそ、コウタさんが紅茶を好きだと知った時嬉しかった。

「僕は祖母から祖父の話をいつも聞いていて、だからこそ、父のしたことが許せなかった。そんな僕の思いとは裏腹に、経営は大成功して、今じゃ有名なコーヒー店にまで成り上がった」

　コウタさんは、コーヒーの入ったカップを、くるくる回す。
「どうしてみんな、コーヒーなんて苦いもの好き好んで飲むんだって、毛嫌いしていたよ。飲みもしないで。この世でいちばんコーヒーを恨（うら）んでいるのは、もしかすると僕かもしれない。なんてね」

　そう言ってその言葉を冗談として扱おうとしたのか、くすりとコウタさんは笑ったけれど、きっとそれは本心だ。

　私、ひどいことをしてしまった。
「すみません……私、そんなことも知らないでコーヒーなんて渡して……」
「ちがうんだ。感謝してるんだよ、僕は」
　……え？

　コウタさんは、カップに口をつけて、照れくさそうに笑った。
「コーヒーって、おいしいね」
　その笑顔が、無邪気な子どもみたいで──。
「大嫌いなコーヒーも、大好きなキミがくれたものなら飲める気がした」
　少し泣きそうに歪（ゆが）められた表情。
　それでも、コウタさんは微笑みを崩さない。
「キミが好きだ。プライドとキミを天秤にかけたら、呆気（あっけ）

なくキミを選んでしまうほど」
　まるで愛を訴えるような視線に、私はごくりと息をのんだ。
「どうして……いつから、私のことなんか……」
　おもわず、そんな言葉がこぼれる。
　だって、私とコウタさんは、出会ってからそれほど長い時間がたっているわけではない。
　それに、私はコウタさんに好かれるようなことを、なにひとつしていないもの。
「そうだね、いつからだったかな……」
　まるで遠い昔を思い出すようなコウタさんの言い方に、私は首を横にかしげた。
　そんな私を見ながら、コウタさんはどこか嬉しそうに笑う。
　少しの間、私を見つめたままなにも話さないコウタさんは、意を決したように一度視線を下げ、再び顔をあげた。
「僕の祖母はね、ロゼロワイヤルの紅茶がいちばん好きみたい」
　──え？
　もちろん、その茶葉は私も知っている。
　そしてそれは、いちばん初めにここへ、生徒会室に来た日、コウタさんが淹れてくれた紅茶だ。
　昔、知り合いのおばあちゃんが、よく淹れてくれた紅茶で──そこまで考えて、私は気づいた。
「紅茶の、おばあ、ちゃん……？」
　まさか、コウタさんのおばあさんって……。
「君なら、覚えてくれていると思っていたよ」

とても嬉しそうに微笑むコウタさんの笑顔が、私の導きだした答えが正解なのだと告げていた。

キミは美しい　sideコウタ

　僕の祖母は、とても気性の荒い人だ。
　本当は心優しい、ただの寂しがりやなのだけれど、なんにせよ誤解されることが多い。
　……ゆえに、親戚一同からは嫌われていた。

「おばあさま、茶葉が届いていたよ」
　1週間後に手術を控えた祖母のお見舞いに来た僕は、祖母が毎月取り寄せる茶葉を手みやげに持ってきた。
「コウタ……ありがとうね」
　顔中をクシャクシャにして微笑む祖母の笑顔が、僕は好き。
　いつものように花の手入れをし、紅茶を淹れるために、マグカップを洗いに行こうと思ったときだった。
　……あれ？
「おばあさま、誰かお見舞いにきたの？」
　花瓶に生けられている花が、いつものものとちがうことに気づいて、僕はおどろいた。
「そうなのよ。この前、職場体験に来た中学生の女の子と仲よくなって、たまにお見舞いに来てくれるの」
　へぇ、そんなことが……。
　高校受験で少し忙しくしていて、お見舞いにくるのは2週間ぶり。
　祖母に近づく影ができていただなんて……中学生の女の

子なら、まぁ大丈夫だろうか？
　もう会社の経営からは手を引いているといっても、一応は大手企業の元代表だ。
　財産のある祖母に近づく、害のある人間はたくさんいるし、見舞いにも来ない親戚たちが、祖母の財産をねらっていることを、僕はよく知っていた。
　そんな奴らから、祖母を守るのが僕の役目だと思っていたから。
「とっても可愛くて、いい子でねぇ。コウタがあんな彼女を連れてきてくれたら、嬉しいものだねぇ」
「あはは、そうなんだ」
　——わるいけど、僕が彼女なんて連れてくる日はきっと来ないよ。
　自分で言うのは気が引けるが、女優の母の血を継ぐ僕は、容姿のせいでそれなりにモテる生活を送っている。
　けれど、彼女だなんて面倒なもの、一度たりとて作ったことはない。
　もともと僕は、"愛"というものを信じていない。
　とても浅はかで、脆いものという認識。
　きっと両親の影響だろう。
　ハリウッドスターとして活躍する母には、もう何年も会っていないし、父とてそれは同じだ。
　あのふたりの間に、愛なんてものは決してない。
　離婚しないのも、世間体を気にしているだけだ。
　両親ふたりの間に生まれた子どもが、愛の結晶だという

のなら、果たして僕は何者なのだろうか。
「今日はいい天気だね。おじいさんもきっと、天国で日向(ひなた)ぼっこでもしているんじゃないかい」
　空を見つめながら、祖母は愛しさをこぼすように笑った。
　——愛の結晶なんかに、ならなくったっていい。
　たしかに強く愛し合っていた祖母と祖父。
　ふたりの孫である僕は、たしかに愛の欠片だった。
「手術、もうすぐですね」
　それほど重たい病ではないのだけれど、失敗する確率がゼロなわけではなかった。
　怖い。
　祖母がいなくなってしまったらと思うと、僕はとても怖かった。
　嘘偽りだらけの僕の世界。
　金や欲、見栄(みえ)で汚れきった世界の中で、祖母だけが真実だった。
　今も変わらずひとりの人間を思い続ける祖母……強い愛で結ばれたふたりの孫であることだけが、僕の誇りだった。
「べつにね、もうわたしはおじいさんのところへ行ったっていいんだよ」
　突然縁起でもないことを言う祖母に、僕はおどろいて目を見開いた。
「生きてても、わたしみたいな年寄りは疎まれるだけだしねぇ……コウタの成長を見られなくなるのは残念だけど、もう十分長生きしたよ」

自分が親戚からよく思われていないことを、祖母はわかっている。
　当たり前か。実の子どもでさえ、一度も見舞いに来ないんだから。
「そんなこと言わないで。おばあさまがいなくなったら、僕は悲しい。それに、おじいさまだって、きっといつもの明るいおばあさまが好きなはずだよ？　だから、そんならしくないことを言わないで」
　僕はあなたを尊敬しているよ。
　愛を貫ける祖母を、この世の誰よりも尊敬している。
　祖母の心情を考えると、心苦しくて胸が締め付けられた。
「そんな悲しそうな顔をしないで。まったく……可愛い孫だね」
　僕はいったいどんな顔をしていたのだろうか。
　祖母の言葉に、ハッとして口もとを隠した。
「ふふっ、まったく同じことを言われたよ。彼女にもねぇ」
「……え？」
「さっき話した中学生の女の子も、コウタと同じ言葉をくれてねぇ……優しくしてくれる人間がふたりもいるなんて、わたしはとんだ幸せ者だよ」
　「はっはっはっはっ」と、大きく口を開けて微笑む祖母に、僕は返す言葉が見当たらなかった。
　同じ、言葉……？
　その女の子というのは、本当に信用できる人間なのだろうか？

なんだか怪しむ気持ちが拭えないが、その女の子とやらに興味を持ったのは、確かだった。

　そして、手術の前日のことだった。
　いつものように病室に入った僕は、視界に入った物体に、目を疑った。
「おばあさま……それはなに？」
「コウタ、いらっしゃい。見てごらんこれ、つぼみちゃんがねぇ……持って来てくれたんだよ」
　つぼみちゃん……？
　見舞いに来てくれるという、少女のことだろうか？
　それにしても……。
「すごいね？　千羽鶴？」
「うん。作ってくれたんだってぇ、いやぁ嬉しいねぇ〜」
　よほど嬉しかったんだろうか、祖母は立派な千羽鶴をなでたり、ひとつひとつ眺めたりして、とても優しい表情を浮かべていた。
　……まあ、祖母が嬉しそうだからいいか。
　なんだろう、このモヤっとした気持ち。
　この千羽鶴に込められている想いは、本当に心から祖母を気遣う気持ちなのか？
　……どうして、赤の他人である祖母にここまでするんだろう。
　なにか裏があるとしか思えなくて、俺は目を細めながら千羽鶴というやつを見た。

……まず、本当にその少女が作ったものなのか？
　疑いは重なるばかりで、心中おだやかではない。
　少女がもし、なにの見返りも考えず、ただ祖母の心配をする一心でこれを作ったとしたら……。
　――"無償(むしょう)の愛"
　その言葉が脳裏を過って、僕は吐き気がした。
　……なんてことを考えていたんだ。
　無償の愛？
　そんなものが、この世に存在するはずがない。
　いったいこの少女とやらは、なにが目的なんだ？
「いやぁ、嬉しいねぇ」
　祖母はすっかり心を許しているようだけど、僕は絆(ほだ)されたりしないからね……。
「見て、金色の鶴が混じっていたよ」
「本当だね」
「ふふっ、おじいさんにも見せてあげたいねぇ」
　祖母の愛しさが込められた声は、病室に消えた。

「本当にありがとうございました……」
　祖母の手術は、無事に成功した。
　担当医に頭を下げて、精いっぱいの感謝を込めた言葉を渡す。
　本当に、よかった……。
　１週間後には退院できるそうで、僕は面会前に医師からの説明を受けた。

説明が終わり、祖母の待つ病室へと向かう。
「ありがとうねぇ。つぼみちゃんのおかげだよ」
　……つぼみ？
　まさか……。
　あわてて、バレないように病室をのぞいた。
　そこには、祖母を見ながら泣いているのか、肩を震わせる少女の姿。
「ほ、ほんとうに……本当によかったですっ……っぅ」
「ふふふっ、泣かないで。ありがとねぇ」
　こちらからでは顔が見えないが、僕はこの時、とてもおかしな感覚に囚われた。
　初めて見る、少女の姿。
　顔は見えない。
　けれど、その背中が美しかった。
　彼女の声は、偽りが混じっていると思えないほどに透き通っていて、自分の耳を疑う。
　……どうして、君が泣くの？
　ねぇ、君の目的はなに？
　お金？　地位？　気まぐれ？　いったいそこまで祖母に媚を売って、なにが目的なんだ？
　ガタリ、と、彼女がイスから立ちあがる音がした。
　しまった、病室から出てくる……。
　あわてて壁の裏に隠れ、見つかることは避けられた僕。
　彼女が病室から出てきたのが、音でわかる。
　帰るのか、廊下を歩いて行く少女の後ろ姿を、のぞき込

むようにして見ていた。
　こんなことはしたくはないが……。
　彼女のあとを、追いかけるように一定の距離を保ちながらついていく。
　尾行(びこう)をすることになるとは……しかし、どうしてもわけが気になったのだ。
　こんなヘンな道を通って、どこへ向かうつもりだ……？
　……神社？
　彼女がやってきたのは、人のいないような小さな神社。
　神職がいるのかいないのかもわからないような古びた神社だったが、僕は玉垣(たまがき)に控えめに貼られた紙に気づいた。
　『健康祈願(きがん)・病気平癒(へいゆ)』と書かれたそれ。
　──ドクリ、と、体の奥がヘンな音を鳴らす。
　鼓動が異様なスピードで刻まれていることに気づかないフリをして、僕は賽銭箱(さいせんばこ)の前で手を合わせる彼女に見入った。
「紅茶のおばあちゃんを救ってくださり、ありがとうございましたっ……」
　わけがわからなかった。
　呆然(ぼうぜん)とする僕は、もう隠れていることも忘れ、彼女の姿から目を離せなくなる。
　しっかりと頭を下げたあと、数えられるほどしか掛けられていない絵馬のひとつを手にとり、眺めはじめた彼女。
　そして、ようやく彼女は振り返った。
　初めて、僕の視界に彼女の表情が映しだされる。
　──美しかった。

顔が整っているという意味もあるが、それよりも。
　彼女の放つオーラのようなものが、とても澄んでいた。
　ほのかに、微笑みが浮かべられている彼女の表情。
　しかし、僕に気づいた彼女は、気まずそうに目を伏せ、僕の横を過ぎ去って行こうとする。
　どうやら、神社にいた一般人と思われているのか、尾行していたことはバレていない様子。
　……ダメだ。
　行ってしまうっ……！
「なにを、お願いしたの？」
　とっさに出たのは、そんな言葉。
　おどろいた表情で振り返った彼女に、しまった……と心の中でつぶやいた。
「……ここ、健康祈願で有名って聞いたから、本当かなぁと思って……」
　どうにか警戒を解こうと、必死にそれらしいことを並べてみる。
　彼女は僕に向ける警戒を解いたのか、ふわりと優しい笑顔を浮かべてみせた。
「叶いますよ。わたしのお願い聞いてもらえたので、今日はお礼を伝えに来たんです」
「そう、ですか……」
「あなたのお願いも、叶うといいですね」
　もう一度、ニコッと可愛らしく微笑んで、軽い会釈を残し去って行く少女。

僕は呆然とその場に立ち尽くして、なぜか空を見あげた。
　澄んだ空。
　雲ひとつない、一面の蒼。
　けれど僕は、その蒼をキレイと思えるほど、純粋な心を持ち合わせてはいなかった。
　なのに、なぜ彼女の笑顔が、瞳が、あんなにもキレイで、美しく見えたんだろう。
　ぼうっとしながら、ふと先程彼女が見ていた絵馬が気になった。
　掛けられている絵馬は4枚。
　彼女が見ていたのはどれだろうか、ひとつずつ確認する。
　3つはどうも、見当ちがいのものが吊るされていて、残りのひとつに手を伸ばす。
　最後のひとつは、とてもキレイな、お手本のような字で書かれていた。
『紅茶のおばあちゃんの手術が、成功しますように』
　──ああ、これだ。
　胸の奥から、言葉では表せない感情が湧き上がった。
　もうそろそろ、認めるのは僕の方なのだろうか。
　人を疑わずにはいられなかった、君の優しさを信じられなかった僕を、許してほしい。
　汚れきった暗い世界の中で、光がもうひとつ灯された気がした。
　なんて子だ。
　僕は、なんて美しい人を見つけてしまったんだろう。

彼女が去って行った方を見れば、当然、彼女の姿はもうない。
　なにも存在しないのに、僕は長い間、彼女の残像を見つめていた。
　今度病室に来てくれた時には、どうか彼女にお礼を伝えよう。
　祖母の大好きなロゼロワイヤルの紅茶とともに、彼女と話がしたい。
　今まで見たこともないような、美しい心を持った彼女のことを、知りたいと思ったんだ。

　――けれど、きっとキミを疑い続けた僕に、天罰が下ったのだろう。
　彼女は、退院までの間、姿を現すことはなかった。
「お世話になりました」
　看護師や医師へのお礼を口にし、荷物をまとめて病室を出た。
「つぼみちゃん、来なかったねぇ……」
「そうだね」
　祖母は、悲しそうに視線を下げた。
　受け付けを終え、病院を出る。
「西園寺さん！」
　後ろから名前を呼ばれ振り返ると、手紙のようなものを持った看護師が、こちらへ駆け寄って来た。
「すみません……これ、お見舞いにきた女の子から、預かっ

ていたんです」
「え？　手紙？」
「昨日、面会時間を過ぎてやって来た女の子が、西園寺さんに渡してほしいって……」
　僕は、看護師から封筒(ふうとう)を受け取った。
　裏を見ると、そこには『時田つぼみ』という文字が。
　……彼女からだ。
「おばあさま、つぼみちゃんからの手紙だって」
「えぇ、つぼみちゃんから……！」
　その場で封を開こうとする祖母を止めて、先にタクシーへ乗り込んだ。
「はい。読んでいいよ」
　ずいぶんとうきうきした様子で、慎重に封を開ける祖母。
　僕は横目で、手紙の内容をのぞき見した。

　紅茶のおばあちゃんへ
　お見舞いに行けなくてごめんなさい。
　退院、おめでとう。
　本当のおばあちゃんがいない私にとって、紅茶のおばあちゃんは本当のおばあちゃんのような存在でした。
　たくさんお話を聞かせてくれて、ありがとう。
　これからも、ずっとずーっと、元気でいてください。
　つぼみより

そのキレイな字は、絵馬に書かれていたものと同じ筆跡(ひっせき)だった。
「つぼみちゃん……」
「よかったね、おばあさま」
「また会いたいねぇ……ふふっ」
　僕はその言葉に、笑顔で首を縦に振った。

『１年に、とんでもなく可愛い女の子がいる』
　高校２年にあがってすぐ、そんな噂が流れはじめた。
　女の子に興味がない僕は、とくに気にもしなかった。
　女の子って、みんな裏では怖いもの。
　僕の前では可愛く振る舞うのに、いないところではどんな会話をしているかわからない。
　女嫌いってわけではないけど、苦手ではあるし関心を持てない。
　彼女のことなら……気になるけれど。
　あれからもう２年がたつのかと思い、僕は空を見あげながら忘れられない彼女の笑顔を思い浮かべた。
　あれはきっと、初恋だったんだろう。
　あの日と同じ澄んだ空を見あげて、そう思う。
　心のキレイな、美しいキミ……ねぇ、もう一度、会えないかな？
　僕はとても疑い深くて、人を信用できなくて、決していい人間ではないと思うんだよ。
　でもね……キミのことなら、信じられると思ったんだ。

キミとなら、"愛"というものを、築きたいと思ったんだ。
　この先、キミに会うことができないとしても——僕はきっと、キミを忘れられないだろう。
　祖父を思い続ける祖母のように、こうして空を見あげて、キミを思い続けるのもいいかもしれない。
　けれどもし、もしも、ね……。
「ねぇつぼみお願い！　今日の合コンはガチなのよ！」
　——もう一度キミに会えたなら、僕はキミに、好きになってもらいたい。
「ご、合コンはやだっ……！」
　愛らしくも、美しい声が、聞こえた。

ひとつの恋が終わる音

「キミなら、覚えてくれていると思っていたよ」
　う、そ……。
　で、でも、コウタさんと直接会ったことはない。
　おばあちゃんが、よくお孫さんの話をしてくれたけど、コウタさんのことだったんだ……。
「一方的に、僕はキミのことを知っていたんだ」
「え……？」
「一度会話を交わしたこともあるよ。本当に一瞬だったから、つぼみちゃんは覚えていないだろうけど」
　コウタさんの言葉どおり、まったく思い出せない。
　それに、紅茶のおばあちゃんとは、退院以来会えていないから。
「おばあちゃん、元気ですか……？」
「ああ、おかげさまで、とっても元気だよ」
「よかった……」
　中学の職場体験学習で病院に行った際、知り合ったおばあちゃん。
　連絡先も知らず、退院以来会うことはできなかった。
　コウタさんの言葉に、ほっとする。
「つぼみちゃん」
「……はい」
「僕はね、キミが好きなんだ」

まっすぐな瞳に見つめられ、私は身動きがとれなくなってしまった。
　あらためてそう伝えてくるコウタさんに、まともに息もできない。
　それくらい、彼の瞳は真剣だった。
「困らせたいわけじゃなかったんだ。つぼみちゃんが高神くんを好きだと知った時に、この気持ちは言わないでおこうって決めてた……なのに、ごめんね」
　私は、どうしてこんな、まっすぐな気持ちに気づかなかったんだろう。
「けど、さっきキミが、表情を曇らせていたから……それに、好きな子に素敵な人だなんて言われて、僕も少し舞いあがってしまってね。うっかり口が滑ってしまったよ」
　照れくさそうにはにかむ表情は、一変する。
　いつもの余裕な笑みは消え去り、意思を持った瞳が私を捕らえた。
　吸い込まれそうな瞳に見つめられ、ごくりと息をのむ。
「好きだよ。本当に、僕はキミが好きだ」
　——コウタ、さん……。
「ごめん、なさいっ……」
「あはは、うん」
「私、舜くんが好きです……なので、コウタさんの気持ちに、応えられません……」
　こんな私を好きになってくれたコウタさんに、きちんと返事をしなければいけないと思った。

私は、まっすぐにこの気持ちと向き合わなければいけない。
　コウタさんにも……そして舜くんにも、中途半端なことはしたくない。
　しては、いけない。
「ありがとう、ちゃんと言ってくれて」
　コウタさんは、真意の読めない表情で笑った。
　一瞬その先の言葉を飲み込んだように唇を噛みしめてから、決心したように口を開いたコウタさん。
「けど……キミを好きでいることは、許してほしい」
「……っ」
「まぁ、ダメって言われても、僕はキミが好きなのをやめられないけどね。僕には祖母の血が、色濃く流れているみたいだ」
　瞳から、堪えきれずに涙がポロポロとあふれる。
　コウタさんの気持ちが、突き刺さるように痛かった。
　でも、コウタさんの瞳はとても優しい色をしていて。
「言っておくけど、彼がつぼみちゃんを泣かせるようなことしたら、僕は容赦なく奪いに行くよ？　あきらめるつもりはないからね」
「な、泣きま、せんっ……！」
「ふふっ、ホントに？　僕はあきらめがわるいから、高神くんがヘマをする時を待っているよ。……けど、つぼみちゃんの幸せは願ってる。僕はキミの味方だから……それだけは忘れないで」
　なんにもできない私を、どうしてここまで想ってくれる

のだろう。
　私は、好きになってもらえるようなことはなにもしていないのに。
　無性(むしょう)に、舜くんに会いたくなった。
　私も、コウタさんみたいに、まっすぐに……舜くんを愛せるようになりたいと思った。
「ありがとうございます……」
「これからも、生徒会室に遊びに来てね？　お友達や、高神くんを連れていつでもおいで」
　涙を拭って、笑顔で首を縦に振る。
　その時、生徒会室の扉が勢いよく開いた。
「……っ、なにしてんだよ」
「キミはつくづく、タイミングのわるい男だ」
　………舜くん？
　現れた人の姿に、おどろいて目を見開く。
　返信がなかったから……先に帰ってしまったかと思った。
「なに、泣かせてんだよっ……つぼみから離れろ」
　……あっ。
　どうやら、舜くんはなにか大きな誤解をしているらしく、私とコウタさんを見て苛立っているのが丸わかりだった。
「舜くん、ちがうの！　コウタさんはなにもわるくな——」
　私が勝手に泣いただけで、なにも……。
「離れろだなんて言われて、はいわかりましたって言うと思う？」
　こ、コウタさんっ……！

「……っ、お前……」
「舜くん！　お、落ち着いてっ……？」
　挑発するようなコウタさんの言い方に、ヒヤヒヤしながら私は舜くんのもとに駆け寄った。
　舜くんは、私の腕をつかんで、コウタさんをにらみつける。
　コウタさんはというと、意味深に口角をあげて、再び挑発するような笑みを浮かべた。
「宣戦布告まではしないけど、隙あらばつけ込む準備は整っているから。うかうかしていると、僕に彼女をとられちゃうかもしれないよ？」
　舜くんのキゲンが、どんどんわるくなっていくのがわかる。
　とにかく、舜くんの誤解を解かないと。
　そう思った時、腕を強く引かれた。
「帰るぞ、つぼみ」
　え、えっと……。
　強引に生徒会室から連れだされそうになり、コウタさんの方を見る。
　目があって、パチンとウインクをされる。
　私はそれに、軽く頭を下げて、生徒会室を出た。

　見るからに怒っている舜くんは、私の手をつかんだまま足早にどこかへ向かう。
　私はその気迫になにも言えず、ただ連れられるままついていった。
　ある扉の前で止まった舜くんは、鍵を差し込んでドアを

押す。
　……ここ、屋上？
　着いた先は屋上で、ドアを開けたとたんに冷たい秋風が体に刺さる。
　パタリ、と、しまった扉。
「ふたりでこそこそなにしてたの？」
　舞くんはようやく足を止め、私の方を向いた。
「話、を……」
「なんの話？」
　そう聞かれると、返答に困ってしまって口を閉ざす。
「つぼみ、俺には言えない？」
　それが逆に怪しまれたようで、私はゆっくりと唇を開いた。
「……告白、されたの」
　ごまかしても仕方ない。
　ふたりきりで生徒会室にいたんだ、舞くんが誤解するのも無理はない。
　舞くんに、嘘はつきたくないから、正直に告げた。
　もう、ヘンなことですれちがったりしたくないよ。
「今日も昼、ふたりで会ってたよな？」
　そう思った矢先、舞くんから飛びだした言葉。
「えっ、今日はサキちゃんと３人で……」
「俺、サキとかいう女が職員室の前にいるの見たんだよ」
　……職員室？
　あ、そっか、サキちゃん呼び出されて……。
「それはっ……」

「なぁ、つぼみ」
　説明しようと思ったのに、舜くんの声によって阻(はば)まれる。
「俺と付き合うの、しんどいか?」
　……え?
　突然、どうしたの?
「別れる?　俺たち」
　まさかの発言に、頭の中がまっ白になった。

前進 side舜

「別れる？　俺たち」
　自分の口から出た言葉に、自分自身がいちばんおどろいた。
　……は？
　俺、なに言ってんの？
　つぼみを見れば、目を見開いて俺を見つめていた。
　ちがう、そんなことを言いたかったんじゃない。
　俺がつぼみと別れたいわけがないだろ。
　ただ、話し合いたかっただけで、つぼみの気持ちが……わからなくなってしまっただけで……。
　昨日、親父たちに伝えたいと言った俺に、つぼみは秘密にしたいと言ってきた。
　その理由を言ったつぼみに、俺は突然怖くなってしまったのだ。
　もし、俺たちが交際することを反対されたり、それが原因で親父たちの再婚がなしになったりしたら……。
　つぼみは、あっけなく俺を捨てられるのか？
　親の幸せと俺を天秤にかけたら、まちがいなくつぼみは親の幸せを選ぶのだろうと思った。
　ただでさえ不安になっていたのに、昼休み、あきらかにつぼみに好意を持っている男のところに行くとか言いだすし。
　友人もいると言ったから、しぶしぶ行くなという言葉を飲み込んだ俺。

けれど俺は昼休み、トイレに行く途中に見てしまった。
　つぼみが一緒に行くと言っていた女の姿を、職員室で。
　なにかのまちがいだと思ったけれど、何度見直してもあの女はつぼみの友達。サキという女だ。
　なにかあったのだろうか。
　不安で仕方ないのを必死に隠して、つぼみにメールを打てば、生徒会室に３人でいると返事がきた。
　俺に……嘘をついている？
　嫌な方向にばかり思考が働き、しまいには先に帰っててくれというメールまできて、俺はもう限界だった。
　放課後。
　確かめたかった。
　つぼみはちゃんと、俺を好きでいてくれている。
　あの男じゃなくて。
　つぼみがいないことを祈って、生徒会室に入った。
　しかし、そこにつぼみはいた。
　それも、男とふたりで。
　……なぁ、俺に嘘ついてまで、ソイツとふたりきりになる意味ってなに？

　とまどうつぼみをムリヤリ屋上に連れてきた俺は、とんでもないことを口走っていた。
　言ってから、自分の失態に気づく。
　やっと、手に入ったのに。
　つぼみが、俺を選んでくれたのに。

今すぐ取り消したいのに、もうその言葉さえ出てこない。
　　つぼみは数秒うつむいたあと、ゆっくりと顔をあげた。
「舜くんが……そうしたいなら……」
　　……なに？
「私は、それに従う……」
　　……なんだよ、それ。
　　こんなあっさりな展開、おかしいだろ。
　　なぁ、やっぱり俺のことなんか好きじゃなかった？
　　あっさり別れられるくらいの、つぼみにとってはその程度の気持ちだった……？
「あっそ」
　　吐き捨てるようにそういった俺の声は、おどろくほど低かった。
　　なんか、どうでもよくなってきた。
　　俺ひとりで、必死になってバカみたいだ。
　　この場にいたらなにを口走ってしまうかわからなくて、つぼみを置いて屋上から出ていこうとした。
　　けれど、そんな俺の制服の袖(そで)を、小さな手がつかむ。
「ま、待ってっ……」
　　……つぼみ？
　　おどろいて振り返れば、ポロポロと涙を流すつぼみの姿が。
「舜、くっ……待ってっ……」
　　なんで、そんなに泣いてんの？
「じ、時間が、ほしいっ……」
「……時間？」

「舜くんのこと……あきらめるからっ、別れるの……待ってほしいっ」
　つぼみの言葉が理解できなくて、頭の中が混乱する。
「い、１週間だけ、待ってっ……。そしたら、あきらめるからっ」
「……つぼみ？」
「や、やっぱり……１か月、くらいっ」
「……っ、つぼみ」
「……っぅ、やっぱり、別れたくないっ」
　――なんだよ、それ。
「なぁ、つぼみ、聞いて」
「っ、ふっ、ぅっ、舜くん……」
「どうして別れたくないの？」
「そ、それはっ……ぅ」
「ちゃんと教えて」
　目を擦りながら泣きじゃくるつぼみの顔をのぞき込む。
「どうして？」
　耳もとで優しくささやけば、つぼみは俺の服をぎゅっとつかみながら、おぼつかない口調で言った。
「しゅっ……くんのこと、好き、っ、だからっ……」
　ドクッと脈を打ち、全身の血の巡りが速くなる。
「別れたく、ないっ……」
　あー……、俺のバカ。
　本当に、どうしようもないバカだ。
「ごめんな……お願い、泣き止んで」

たまらなくなって華奢な体を引き寄せ、強く抱きしめる。
　　独りよがりとか好かれてないとか、自己完結してマイナス思考に陥って、バカみたいだ。
　　こんなぐずぐずになるくらい、愛されているじゃないか。
　　腕の中の存在が愛しくてたまらなくなって、腕に力を込めた。
「ふっ、っぅ」
「つぼみ、好きだよ」
「……っ！」
「俺の方こそ、別れるなんて考えられない。俺とずっと一緒にいて」
　　泣かせて、ばっかりだ。
　　こんなに好きで仕方がないのに、俺はいつもどうして……悲しい顔しかさせてやれないんだろう。
「ほ、ホントッ……？」
「本当。ごめんな、ヘンなこと言って……もう絶対、別れようなんて冗談でも言わないから」
　　つぼみの髪に手を通し、頬に口づける。
「よ、よかったっ……」
　　つぼみは心底安堵したように再び泣きはじめ、俺はつぼみが泣き止むまで背中をなで続けた。

「落ち着いた？」
　　呼吸が一定になって、涙も止まった様子のつぼみ。
「う、うんっ……ごめんねっ」

うつむき気味に俺を見つめるつぼみは上目遣いになっていて、その破壊力といえばもう。
「いーよ。泣きじゃくるつぼみも可愛かったし」
　そう言って頬をつつけば、つぼみは照れているのか頬をプクッと膨らませた。
　あー、かぶりつきたい。
　俺がそんなことを考えてるなんて、つぼみは知る由もないだろうけど。
「でもさ……なんで今日、嘘ついたんだ？」
「嘘？」
「３人で、生徒会室にいるって……」
　ずっと、それが気にかかっていた。
「あ、一度放送で呼び出されてたから、サキちゃん職員室に行ったの。でもすぐに戻ってきたよ……？」
　つぼみの言葉に、俺は心底ホッとした。
「……そうだったのか」
　よかった……つぼみに、嘘をつかれたと思っていたから。
　つぼみがそんな奴じゃないとわかっていたはずなのに、疑うなんて最低だな。
「うん。それにね、コウタさんに、ちゃんと舞くんが好きだからごめんなさいって断った……もうふたりきりでも会わない。約束するっ……」
　俺の顔色をうかがうように、のぞき込んでくるつぼみ。
　……なんだ。
　俺、すごい愛されてる。

もっとちゃんと、気づけばよかった。
「それより、どうして返事くれなかったのっ……？」
　これからは、見逃さずにいよう。
　すれちがいなんて、もうこりごりだ。
「……いろいろ、考えてた。ごめん、ちゃんと好いてくれてんのに、つぼみに好かれてる自信がなくなってた」
　正直にそう言えば、つぼみがぎゅっと抱きしめ返してくれる。
「私も、ごめんなさい」
「謝んな。俺がひとりで空回ってただけ」
「舜くん……」
　名前を呼ばれ、ん？と聞き返す。
　次の瞬間、つぼみの顔が近づいてきて……。
　本当に、突然だった。
　つぼみが、唇を重ねてきたのは。
「……っ、つ、ぼみ……」
　おどろきすぎて、今俺はまちがいなくマヌケな顔をしているだろう。
　だって、初めてだったんだ。
　つぼみから、キスをしてくれるなんて。
「つ、伝わったっ……？」
　首をかしげながら、はずかしそうに頬をまっ赤に染め、つぼみがそう聞いてくる。
　……っ、なに可愛いこと、してくれてんのっ？
「……すっげー伝わった」

「しゅ、んぅっ……」
　もう、我慢の限界。
　可愛い唇を、俺のでふさぐ。
　最近……というか、つぼみと付き合いはじめて気づいた。
　俺は、キス魔らしい。
　何度も角度を変え、強弱を付けて押し付ける。
　されるがままのつぼみが可愛すぎて、ブレーキが壊れてしまったようだ。
「なぁ……」
「んっ……？」
　キスの合間に漏れる声が、俺の理性を壊していく。
「深いの、してもいい？」
　そう聞けば、つぼみは顔をまっ赤にして、おそるおそる首を縦に振った。
　……あー、可愛いなマジで。
「つぼみは、俺を受け入れるだけでいいよ」
　そう言って、つぼみの唇にもう一度自分のそれを重ねる。
　舌も歯も、小っちゃい……。
　ひとつひとつ確認するように、俺はそのキスに溺れた。
　どうすればいいかわからないのか、されるがままのつぼみの姿がたまらなく可愛い。
　口が開いてしまっているので、今までのように声が抑えられないのだろう。
　つぼみから漏れる甘いそれは、体の奥に響くような甘美なものだった。

やっぱ……止まんね……。
気持ちよすぎて、自分の暴走を止められない。
あー、誰か、止めてっ……。
息の仕方がわからないのか、苦しそうなつぼみ。
その姿にさえ欲情してしまって、もうどうしようもなかった。
つぼみに胸をたたかれ、ようやく我に返る。
ヤバい、やりすぎた……。
「大丈夫か……？」
あわてて唇を離して、つぼみの顔をのぞき込む。
呼吸を乱して、肩を震わせ必死に息をしている。
力尽きてしまったように体を俺に預け、もたれかかってきた。
「ごめんつぼみ、やりすぎた」
「だ、大丈夫っ……、くちゅんっ！」
……くちゅん？
可愛すぎるくしゃみをしたのは、もちろんつぼみ。
そういえば……。
季節はもうすぐ冬が訪れる時期で、風も冷たい。
こんな冷たい中、屋上に長時間いたから、寒かったか……。
「つぼみ、校舎入ろっか」
「う、うん……っ、え！」
まだ呼吸が整わない様子のつぼみを、抱きかかえた。
世に言う、お姫様抱っこ。
「しゅ、舞くん、はずかしいよっ……！」

「大丈夫だって。校舎ん中は、ほとんど生徒いないだろ？」
　もう暗くなってきてるし、残ってるのは部活中の生徒くらいだ。
　よっぽどはずかしいのか、まっ赤な顔を隠しているつぼみ。
　その姿に、ゾクリと体が震えた。
　俺はどうやら、つぼみの照れ顔が好きらしい。
　というか、なんか……ちょっといじめたくなる。
「このまま家まで帰るか？」
「む、無理っ！　おろしてぇ……！」
　期待どおりの反応をしてくれるつぼみに、ふっと笑った。
　あーあ……。
「ホント……可愛くてたまんない」
「も、もうからかわないでっ……」
　両手で顔を隠すつぼみに、俺の理性が崩れたのは言うまでもない。

LAST♥ROOM

愛情

「もうまっ暗だねぇ……」

電車を降りると、外はまっ暗。

時刻はまだ18時だけど、この時期は暗くなるのが早いなぁ～。

「早く帰って、ご飯作らなきゃ！」

「そっか、親父たちは今日家いるんだったな」

昨日出張から帰ってきたふたりは、今日は休暇をもらったみたい。

さすがに時差ボケとかもあるだろうし、今日は家でゆっくりしているはず。

握り合っている手に力を込め、私は舜くんを見つめた。

「……ねぇ、舜くん」

「ん？」

「心の準備、できたよ」

昨日の今日だけど……もう、私は大丈夫。

「つぼみ……？」

「舜くんと一緒なら、なんにも怖くない」

お母さんたちに、今なら話せる気がした。

なにを言われるかわからないけど、怖いけど、でも……。

繋いだ手を、さらにぎゅっと握る。

「……ありがとう。全部俺に任せとけ」

舜くんは、嬉しそうにそう言って笑った。

「おかえりなさい、ふたりとも」
「ただいま」
　家に帰ると、ふたりが笑顔で出迎えてくれた。
「親父、マスミさん」
「どうしたの舜くん？」
「話があります」
　私はそう言ってふたりをまっすぐ見る舜くんを、横目で見つめた。
　リビングのソファに、テーブルを囲むよう座る。
　２対２で、私の隣に舜くん。お母さんの隣にシンさん。
「なんだい、あらたまって話って……」
　不思議そうにそう言ったシンさんに、舜くんはいつもよりも背筋を伸ばして、口を開いた。
「俺とつぼみは、付き合っています」
　舜くんの直球の言葉に、ふたりはおどろいたように目を見開いた。
　そ、そりゃあ、おどろくよね……。
「親父とマスミさんの結婚を、俺たちは祝福しています。ふたりには幸せになってほしい。俺たちふたりの意見です。でも……俺たちのことも、認めてもらいたい」
　舜くんは、頭を深く下げた。
　それに続いて、私も頭を下げる。
　少しの間、私たち４人の中に沈黙が流れた。
　それを破ったのは、誰かが鼻をすすった音。
　……え？

あわてて顔をあげれば、お母さんの頬に、一筋の涙が流れていた。
　やっぱり、そんなすぐに認めてもらえるはずはなかった。
　簡単な話ではない。
　わかってた、わかってたけど……。
「マスミさん、俺はっ……」
「ちがうの、ちがうのよ！」
　なにか言おうとした舜くんの声を、お母さんがあわてて遮った。
「ごめんなさいね、嬉し涙よ……うふふ」
　……お母、さん？
「そうか、ふたりがねぇ……あははっ、舜に彼女ができたってわけかい」
　シンさんも……。
　予想外のふたりの反応に、私と舜くんは顔を見合わる。
　どういうこと？
　舜くんも想定外だったようで、頭の上にはてなマークがいくつも見える。
「あの……反対、しないんですか？」
「どうして？　そんなもの、するわけないじゃないっ！」
「そうだよ。子どもの幸せを、どうして親が反対なんてするものか」
「舜くんなら、安心してつぼみを任せられるわ。あー……ほんと、涙出ちゃう。つぼみってば、一生独り身なんてことにならないかしらって、お母さんずっと心配だったの」

「あはは、本当だね。つぼみちゃんが舞と一緒にいてくれるだなんて、安心して祝福できるよ」
　お母さん、シンさん……。
「どうして、そんなにあっさり受け入れるんですか？　いや、嬉しいんですけど、なんか……」
　舞くんが、耐えきれずにそんなことを言う。
　本当に、舞くんの言うとおりだ。
　だって、まわりから見たら、私たちの関係はおかしいもの。
　兄妹同士の交際だなんて、世間体はいいものじゃないはずだ。
　お母さんとシンさんは、意味深に顔を見合わせて笑った。
「私たちね、交際のきっかけになったのが子育ての話だったの」
　……え？
「おたがい、前の相手とダメになっちゃったでしょ？　そのせいで、子どもが異性に対して苦手意識を持ってしまったって、境遇が一緒だったのよ」
「自分たちのせいで、子どもが恋愛から遠ざかってしまって……本当に、いつも申し訳ないと思っていたんだ」
　そんなこと、思ってたんだ……。
　知らなかったお母さんの気持ちに、私は下唇をぎゅっと噛んだ。
　お母さんは、なにもわるくないのに……。
「そんなふたりが、それを乗り越えて恋に落ちたんでしょう？　これを私たちが祝福しないでどうするの、もうっ！」

お母さんの優しさに、私まで涙があふれた。
「お母さんとシンさんは……け、結婚やめるなんて、言わない……？」
「言わないわよっ！　お母さんたちだって、やっと巡り合えたんだから」
　いちばんおそれていた状況にならないことがわかり、ホッとしてまた涙がこぼれる。
「あのね、舜。つぼみちゃん」
　シンさんは、私と舜くんを見つめてゆっくりと口を開いた。
「世間体なんてものがどれだけ無意味なものか、一度過ちを犯した私たちがいちばんよくわかっている」
　シンさんの顔から笑顔が消えて、真剣なものになった。
「君たちは、真剣に想いあっているか？」
　鋭い目に見つめられて、けれど私は少しも怯(ひる)まなかった。
　それは、舜くんも同じ。
「はい」
「はいっ……」
　私と舜くんの返事が、重なる。
　シンさんは私たちの返答を聞いて、再び笑顔を浮かべた。
「だったら、その気持ちを大事にしなさい。まわりからなにを言われたって、他人にどうこう思われるツラさよりも、大切な人がいる幸福の方が何倍も勝るんだからね」
　シンさんの言葉が、胸に深く響いた。
「親父……」
「ぅ〜っ、よ、よかったっ……」

私は安堵から力が抜けてしまって、涙をポロポロと流してしまう。
　こんなに、円満に認めてもらえると思ってなかったから、ホントに、よかったっ……。
「ふふっ、つぼみったら。でもそうね、ふたりが付き合うってことは、いずれ私たちは本当にお父さんとお母さんになるわけだから、ちゃんと呼べるように練習しなきゃいけないわよ」
「そうだね。なんだか不思議な感じだなぁ。まあ、舞がつぼみちゃんを好きなことは、初めから気づいていたけどね」
「……はっ?」
「父親の目を欺けると思ったのか？　女の子とは口もきかないお前が、あんな優しそうな顔で接するんだから……すぐにわかったよ」
「……っ、くそ」
　さっきのマジメな雰囲気はどこへやら、すっかりいつもの雰囲気に戻った、私たち４人家族。
「ふふっ、今日はお祝いね。舞くん、つぼみ、好きなもの言いなさい。今日は外食よ！」
「……つぼみの飯が、いちばんうまいです」
「まぁ、熱々ねぇ〜」
「そう言わずに。今日くらいつぼみちゃんも家事を休んで。さ、行こうか」
　大好きな３人と、とても幸せな雰囲気に包まれ、私はだらしない顔で笑った。

次の日、いろんな緊張から解き放たれた私が高熱を出して寝込んでしまったのは、また別のお話。

王子様も男の子

「わっ……、広ーいっ!」
「気に入ったか?」
「うん! お城の中みたい……!」
　とあるホテルの一室。
　今日は、舜くんと付き合って1か月の記念日だ。

　1週間前。
　家族でテレビを見ていた時、突然お母さんが思い出したように言った。
「そういえば、ホテルのディナー券もらったのよ〜!」
　自室に行って、戻ってきたお母さんの手には2枚の券が握られていて。
「せっかくいただいたのに、私とシンさん仕事で行けなくて……よかったらふたりで行ってきたら?」
　「もったいないでしょ!」と言って、私たちに渡してくれたお母さん。
　その券を見ると、期限がちょうど、記念日の日までだった。
　ディナーかぁ……。
「ここのホテルのディナー、すごく人気なのよ」
「ありがとうございます。お言葉に甘えて……行ってこようかな」
　舜くんはそう言って、なにやら考え込むように黙り込

でしまった。
　その日の夜遅く。そろそろ寝ようかなぁと思った私の部屋に、舜くんがやってきた。
「つぼみ、入っていいか？」
「舜くん？　うん！」
　舜くんが私の部屋にくるなんて……めずらしい。
　そう思いながら、入ってきた舜くんを迎え入れてベッドに座ってもらう。
「どうしたの？」
「あのさ、今日ディナー券もらっただろ？　あそこのホテル、家から片道１時間くらいかかるんだよ。ディナー終わって終電で帰ってもいいんだけど、そのままホテル泊まるとか、どうかなって思って……」
　舜くん、そこまで調べてくれたんだっ……！
「それはぜんぜんいいんだけど、１泊どのくらいするの？」
　貯金はしてるけど、高いホテルだったら大丈夫かな？
「いや、そんな心配しなくていいよ。俺短期でバイトとかしてるし、夏休みもがっつりしてたから、お金は大丈夫」
「え、そんなのわるいよ……」
「彼女に払わせるなんて、カッコわるいマネ俺にさせないで、な？」
　うっ……舜くん……。
　舜くんの押しに負け、私はうなずいてしまった。
「それでさ、日程なんだけど……」
　少し言いにくそうに、舜くんが口を開ける。

「記念日の日とか、どう？」
　照れくさそうに眉の端を下げ、舜くんは見つめてきた。
　記念日の日……１週間後かぁ。
「うん！」
「じゃ、決まりな？　予約しとくから」
　舜くんはそう言って、いつものようにキスを堪能してから部屋を出ていった。
　その時はとくに記念日に行くということに対してなにも思っていなかったけれど、問題なのはその次の日。

「アンタ……それ絶対する気満々でしょ」
「……？　なにを？」
「エッチ」
「……っ、な、なに言ってっ……！」
　サキちゃんに記念日のことを話したら、とんでもない回答が返ってきたのだ。
「考えてみなさいよ。記念日にホテルよ？　することなんてひとつしかないじゃない」
「へ、ヘンなこと言わないでー！」
「ヘンなことってなに？　高校生のカップルなんて普通でしょ？」
　え、そ、そうなの？
　それが普通なの？
　自分が恋愛に疎かったせいで、普通がなんなのか、まったくわからない。

そんなこと、考えたことなかった……。
　そ、そりゃあ舜くんとは毎日キスもしてるし、たまに……大人のちゅーもするけど……。
　え、えー……。
「わ、私、どうしたらいいの……？」
「どうしたもこうしたも、向こうに任せたらいいんじゃない？」
「ま、任せたらってっ……」
「まあこんな可愛い彼女ができたら、あたしならその日にでも喰っちゃうわね。よく我慢した方なんじゃないの？」
　が、我慢って……舜くんは、我慢、してるのかな……？
　わ、わからないーっ……。

　結局、なにもわからないまま当日になってしまったけれど。
　サキちゃんがあんなこと言うから、ヘンなことばっかり考えちゃうっ……。
「つぼみ、先にディナー行く？　それとも風呂行く？」
「え、えっと、ご飯食べたいっ」
「ん、じゃあ行こっか？」
　舜くんは、笑って私の手を握った。
　ディナーはとてもおいしくて、「さすが人気なだけあるな」なんて舜くんと笑った。
　お腹もいっぱいになり、そのままホテルの温泉に行った。
　私は温泉が大好きなので、１時間くらい堪能して部屋に戻る。

すでに戻っていた舜くんが、ホテルに置いてあったらしい雑誌を読みながら、ソファに座っていた。
「お待たせっ」
「長かったな、のぼせてないか？」
「うん、私は温泉好きなのっ……！　広かったね」
「そうなのか？　朝になったら男女風呂変わるらしいし、朝もう1回入る？」
　私はもちろんうなずいて、舜くんの隣に座る。
「つぼみ、髪濡れてる」
　舜くんはそう言って、私を自分の前に座らせた。
　首に巻いていたタオルで、髪を拭いてくれる。
　気持ちいい……。
　舜くんの手が気持ちよくて、頬を擦りつけた。
「あんま可愛いことしないで」
「きゃっ」
　突然首筋にキスをされて、不意打ちだったので体がビクッと震えた。
　そのまま、私の髪に舜くんが顔を埋める。
「シャンプーいつもとちがうはずなのに、つぼみの匂いがする……」
　わ、私の匂いってどんなだろう……？
「舜くん、くすぐったいよう」
「んー……もうちょっと」
　ちゅっ、ちゅっ……と、リップ音が室内に響き、私ははずかしくて目をつぶったままカチコチに固まっていた。

「しゅ、舜くんっ……」
「ふふっ、耳まっ赤。今日はこれで勘弁してあげる」
　そう言ってニヤリと笑う舜くんの顔は、イタズラっ子そのもの。
　私はもう！と頬を膨らませて、怒ったアピールをした。
「そろそろ寝るか？　もう11時だ」
「あ……うん」
　そこで、私は思い出す。
『考えてみなさいよ。記念日にホテルよ？　することなんてひとつしかないじゃない』
　サキちゃんの、あの言葉を……。
　え、えっと、えっと……！
「つぼみ、どうした？」
「う、ううん！　なんでもない！」
　不思議そうな舜くんに、あわてて首を振る。
　寝室にはベッドがふたつあって、とても広いベッドだった。
　一応、2つのベッドは繋がっている。
　白をベースにしたシーツに、うっすらと刺繍(ししゅう)が入った毛布は、片方が青でもう片方がピンク。
　舜くんは当たり前のように、青色の布団に入った。
「電気消して大丈夫か？」
「う、うんっ……」
　カチッという音とともに、落とされた明かり。
「おやすみ」
「お、おやすみ」

……あれ？
　えっと、このまま、寝ていいのかな……？
　どうやら、サキちゃんが言っていたような展開にはならない様子。
　私はどこか安心しながらも、少し寂しくなった。
　暗闇の中、見える舞くんの姿は私に背を向けている。
　今日は、おやすみのキスもしてくれなかった……。
「しゅ、舞くん……？」
「ん……？」
　もぞもぞと音を立てながら、私は舞くんに近づいた。
「今日は……おやすみのキスしないの？」
　いつも、舞くんからしてくれたのに……。
　習慣のようになってしまったそれがなくて、なんだか寂しい気持ちになる。
「……今日はしない」
「どうして……？」
「〜っ、つぼみ、もうちょっと離れて」
　舞くんがいつまでも背を向けて、こっちを見てくれないのが寂しくて背中に抱きつくと、ビクッと体を震わせてそんなことを言う舞くん。
　拒絶されたみたいで悲しくて、私はなんだか泣きたくなった。
「……つぼみ、わかって。頼むから」
「……？」
　ようやくこちらを向いてくれた舞くんが、私の顔を見な

がらそう言った。
　舜くんの、切羽詰まったような表情に、私は首をかしげる。
「……俺も我慢してんの。だからもうちょっと離れてくれ、な？」
　我慢……？
　そ、それって……。
『あたしならその日にでも喰っちゃうわね。よく我慢した方なんじゃないの？』
　……っ。
「舜くんは、我慢してるの……？」
　じーっと、あせったような舜くんの瞳を見つめた。
　私の言葉に、その瞳が揺れる。
「……っ、当たり前だろっ……」
　そして、次の瞬間、私は舜くんに押し倒された。
「してるに決まってる……。つぼみがそばにいんのに、平常心でいられるわけない」
　その瞳には、たしかに欲望が揺らめいていた。
　熱い視線で見つめられ、ドキッと心臓が跳ねる。
　……舜くん。
「あの、ね……」
　いったい、私はなにを口走ってしまいそうになっているのか……。
「我慢、しなくていいよ……？」
　自分で言っていて、顔が焼けそうなくらい熱くなる。
　それは、舜くんも一緒だった。

暗闇の中でもわかるくらい、目の前にある顔がまっ赤になっていた。
「……っ、つぼみ、ホントに勘弁して。俺今……必死に理性保ってんの」
「どうして……？」
「どうしてって……1か月は、さすがに早すぎるだろ」
　舜くんは、私の首筋に顔を埋めてくる。
「つぼみのこと、大事にしたいんだ。つぼみのペースで進みたい。だから……」
「舜くん」
　いつも、頭をなでられるたび、抱きしめられるたび、キスされるたび、愛されてるって思う。
　舜くんは、いつだって私を甘やかして、いっぱい愛してくれる。
　だから、ね……？
「私……舜くんにならいつでも、なにされても……いいって思ってるよっ？」
　我慢なんて、しなくていいよっ……。
「舜くんのしたいこと、全部して……？」
「……っ、あー、くっそ」
「私、舜くんのこと大好きだもんっ……」
「……っ、もうどうなっても知らないからな」
　そう言って、舜くんは唇を重ねてきた。
　いつもより強引な、余裕のないキス。
　早急にそれは深いものとなって、私は応えるのに必死

だった。
　ど、どうしよう……私も、なにかした方がいいの、かな？
　でもなにかって、なにいっ……。
「っ……舜くんっ……」
　わからなくて、舜くんの名前を呼ぶ。
「……つぼみ、愛してるっ……」
　急にそんなことを言われて、心臓が止まるかと思った。
「これ以上したら、俺絶対止まらなくなる……」
「う、ん」
「本当にいいのか……？」
「うん、いいっ」
　そう言って、今度は私から唇を重ねた。
「ッ、これでもかってくらい、優しくするから」
　その言葉とは裏腹に、少し苦しいくらいのキスが降ってくる。
　でもそれが、余裕のなさを伝えてきて、愛しさが込みあげてきた。
　大好き、大好きっ……。
「……舜く、んっ……」
「可愛い声、もっと聞かせて……」

　その夜、私はこれでもかってくらい愛された。
　大好きな人と、初めての夜。
　繋がることが、こんなに幸せなことだなんて……。
　全部全部、舜くんに恋をしなければ、知ることはできな

かったね。
「つぼみ、愛してる。一生大切にするから、俺のそばにいて」
　眠りに落ちる寸前に耳に入ったのは、愛しい人からの、愛の言葉。

happy ending......?

「んっ……」

目が覚めると、温かいものに包まれていた。

「舜くん……？」

背後から抱きしめられているため、舜くんの規則ただしい吐息が耳もとで聞こえる。

んっ、よいしょっと……。

私は体を回転させて、舜くんと向き合う体勢になった。

「えへへ……」

なんだかとても幸せな気持ちでいっぱいで、目の前のたくましい体に抱きつく。

舜くんが寝ていることをいいことに、唇にちゅっと口づけた。

「大好きだよっ……」

耳もとでそうつぶやいた時、ふと指に感じた冷たさに手を広げた。

なに、これ……？

「さっきから、なに可愛いことばっかしてくれてんの……？」

「舜くん、起きてたのっ……！ じゃなくて、こっ、これは……？」

私はおどろいて、自分の指に付いているものを見せた。

舜くんは優しく微笑んで、自分の手を私の手と重ねる。

「ペアリング……」

照れくさそうにつぶやいた舜くんに、泣きそうになった。
「い、いつ？　どうして……」
「１か月記念のプレゼント」
「そんなっ……私、なんにも……」
「もらったよ」
　私の声を遮ってそう言った舜くんは、ちゅっと唇を重ねてくる。
「すっげぇ大事なもん、つぼみからもらった」
　その意味がわかって、ついに涙があふれてしまう。
「しゅ、舜くんっ……」
「ほんとつぼみって泣き虫。そんなとこも可愛くて好き」
　ぎゅーっと抱きしめられて、たまらない気持ちになった。
「指輪、ありがとうっ……、一生大切にするね」
「一生って……そんな喜んでくれると思わなかった」
　舜くんの胸に顔をすり寄せて、ぴったりとくっつく。
「それに……あと何年かしたら、もっといいものはめてやるからな？」
　そ、それって……。
「舜くんっ、ぅ～」
「はいはい。わかったから泣くなって。可愛いなぁもう」
　幸せすぎて……もう言葉なんかじゃ表せないよ。
「俺さ、記念日とかってあんまり、気にするタイプじゃないと思ってたんだよ。自分は」
　たしかに、私も少しおどろいている。
　あんまり行事ごととかには、関心がなさそうなイメージ

があったから。
「でも、ちがった」
　唇が重なって、私はただそれを受け入れる。
「つぼみとはこの先も離れるつもりないから、何年もずっと一緒にいるけど、だからってその日々を当たり前みたいに思いたくない」
　あぁ、私、舜くんを好きでよかった。
「お前が俺のそばにいてくれることが、本当に嬉しいんだ」
　好きになって、よかったっ……。
「一日一日、どんな日だってつぼみといたらかけがえのないものだろ？　だから、そういう記念日とか大切にして、思い出を築いていきたいなって……」
　じーんときて、舜くんの姿に見入ってしまう。
「聞いてる？」
　そんな私を見て、聞いていないと思ったのか、ちょっぴり舜くんが不機嫌になったのがわかる。
　それが可愛くて、おもわず笑ってしまった。
「舜くんがかっこよすぎて、見惚れてたの」
「……バカ、ちょーし乗らせること言うなっ……」
　あ、照れてる……ふふっ。
　私はまた笑みをこぼしてから、キレイな瞳を見つめた。
「私も……」
　男の人が苦手で、愛とか恋とか、そんなものきっとないんだって思った。
　でもね、舜くん。

「記念日っていいね。こんな幸せな日があるなんて、知らなかった」
　舜くんが、そのすべてが真実であることを、私に教えてくれたんだ。
「うん。俺も」
　何度目かわからないキスをして、どちらからともなく抱きしめ合う。
「これからも、俺と一緒にいて」
　私たちは、目を合わせて笑った。
　再び、重なった唇。
　舜くんの手は意思を持ったように、私の体に触れはじめて……。
「えっ、しゅ、舜くん、どこ触って……！」
「つぼみがあんまりにも可愛いから……な、責任とって？」
　……どうやら今日は、離してもらえなさそうです。

《END》

【書籍限定番外編】

君がいる世界　side舜

　——好きな女の子がいる。
　ずっとずっと、好きだった女の子。

　あれはそう、中学に入って、まだ間もない頃だった。
「黒石ってキモいよね〜」
「わかる〜。なにあのメガネ？　地味だしずっと勉強してるし、イケてないよね〜」
　黒石舜。
　当時の俺の名前はそうだった。
　俺の親父は婿養子だったため、離婚前は母親の苗字だったんだ。
　そして、当時の俺の見た目はボサボサな髪に分厚い伊達メガネ。
　いわゆるガリ勉だ。
　地味だキモいだ、そんなことはわかっている。わかっていてワザとこの格好をしているんだから。
　俺は、女が嫌い。大嫌いだ。
　原因は、実の母親にある。
　小学生の頃から、転勤で父親が家にいないことをいいことに、見知らぬ男を毎日代わる代わる家にあげていた。
　それが浮気というものだと気づいたのが小学校低学年の時。

母親が男とそういう行為をしていると理解したのは小学校高学年にあがってすぐ。
　一度夜起きてトイレに行こうとした時、現場を目撃してしまったことがある。
　部屋に響く甘ったるい声。
　母親に愛をささやく男の声。
　トイレに駆け込み、俺は吐いた。
　そういえば、俺は母親らしいことをしてもらった覚えがない。
　母親らしいこと、と言っても、ほかの友人の話を聞くまでは自分の家庭が普通だと思っていた。
　けれど友人の家へ遊びに行った時、授業参観に来たクラスメイトの親を見た時、俺は少しずつ自分の家庭が異常なのだと気づいていった。
　朝は自分で起きてコンビニに行き、パンを買って食べる。
　夜も帰りにコンビニに行き、インスタントのラーメンを買う。
　……虚しい。
　愛なんて存在しなかった。
　母親にとって、俺はいったいなんなのだろうか。
　キツい香水の匂い、男に媚びる声、長い髪も、化粧も、すべて。俺の母親を象徴するものが、大嫌いだった。
　その延長で、まわりの女も同じに見えてきた。
　クラスでもいじめなんてザラにあったし、女の友情なんて脆いもの。

女と言うものは平気で嘘をついて、浮気して、騙し合って、どうしようもない生き物だ。
　俺は女が嫌い。とくに顔のいい女ほど信じられない。自分の母親がそうだったから。
　それなのに、小学生の頃からこの顔のせいで女に言い寄られてばかりだった。
　だから俺は、中学に入ってから自分の容姿を隠すようにしたんだ。
　気持ちわるがられるくらいでいいだろう。
　俺の策略どおり、俺はガリ勉として女に嫌われる存在になれた。
「席替えするぞー」
　担任のセリフに、教室がざわつく。
　……めんどくさい、席なんてどうでもいいだろう。
　中学生のガキなんだから、勉強さえできればなんでもいい。
　そう思いながら引いた席は、窓際のいちばん後ろ。
　見えにくい……けど、べつに授業の内容なんて塾で習ったことの復習に過ぎないし、いいや。
「うーわ、黒石特等席じゃね？　優等生くんは最前列にでもいとけよな〜」
　……そうか、この席はバカたちからすれば特等席なのか。
　それも、どうでもいい。
　言いたいように言っておけと思う。強がりでもなんでもない。俺は、自分以外の人間に興味がないらしい。
　いや、自分にも興味はない。

人なんて信用できないから。まだ、自分自身の方が信用できるというだけ。
　俺はたぶん、ずっとこうして生きていく。
　母親にはいない者として扱われ、父親は家庭を顧みない仕事人間。
　他人を好きになれるとも思えないし、家族を作りたいとも思わないだろう。
　人間の誓いなんて脆すぎる。
　すぐに壊れるとわかっているものを、どうして信じられようか。
　夢も思想も希望も、粉々に崩れた。
　恋だの愛だの、俺は絶対に信じない。
『あんなの、旦那でもなんでもないわ』
『子どもだって、べつに愛してるわけじゃないもの』
『好きなのはあなただけよ』
　―――信じて、たまるかッ……。

「おいヤベぇって、後ろ時田さんだぜ」
「プリント配るときとか顔ガン見できんじゃね？」
　前の席の男ふたりが、後ろ……俺の隣の席を見ながら、こそこそと話していた。
　他人に興味がない俺でも、その名前を知っている。
　時田つぼみ。この中学きっての美少女だのなんだのと、ちやほやされている女だ。
　顔はちゃんと見たことはないが、校内ではたぶんいちば

んといっていいほどの有名人。
「お前話しかけてみろって」
「いや無理だろ……男嫌いなんだろ？　この前ユウタがガン無視されてんの見たぜ」
　——ほら。
　顔のいい女なんて、性格が腐った奴しかいねーよ。
　自分がいちばんとでも思っていて、近づいてくる男はみんな駒(こま)くらいにしか思ってない。
　チラッと、嫌悪を含んだ視線を隣の奴に向ける。
　——ん。
　初めて、その姿をきちんと目に入れた。
　おどろいた。
　母親や親戚一同が全員優れた容姿をしているため、キレイな顔は見慣れていたが、隣にいた時田という女は、息をのむほどに美しかった。
　女をキレイだなんて思ってしまったことを認めたくなくて、すぐに視線をそらす。
　しかし、どうしてだろう。
　時田からは、女特有の嫌なオーラを、感じなかったのは——。

　隣の席だからといって話すこともなく、放課後はやってきた。
　最近、家に帰るのが苦痛だ。
　このところ……とくに、嫌で仕方なかった。

それは、週3で通っている塾の日が快適に思えるほど。
　今日は塾がないから、帰らないといけない。
　帰れば、母親がいるだろう。見知らぬ男と。
　あー憂鬱。部活でも入るか。いや、そっちのが怠い。
　カバンを持ち、席を立つ。
　……そうだ。
　俺は、あることを思いつき、とある教室へ向かった。

　図書室と書いてある表札のかかった教室に足を踏み入れると、静かな空間が広がっていた。
　受付の人間もおらず、どうやら俺だけらしい。
　来て正解だった。ここで勉強して帰るか。
　絶好のヒマつぶし場所を見つけ、俺はイスに座る。
　静かだし、なによりひとりだし、快適……。
「ねぇねぇ、なにかしゃべってよつぼみちゃーん」
　……と思ったのもつかの間、奥の方から男の声が聞こえた。
　……最悪。
　どうやら、俺はとてつもなく厄介な場所に足を踏み入れたらしい。
「いつも図書室にいるんだ？　たまには俺らと遊ばない？」
「先輩の言うことくらい、聞けるよね？」
　会話だけ聞く限り、上級生の男が下級生の女を数名で囲んでいるらしい。
　女の声が聞こえないが、たぶんそう。
「つぼみちゃんくらい高嶺の花だと、俺らと遊ぶのなんて

嫌だって思ってるの？」
「そろそろなにか言ってよ？　口ついてるでしょ？」
　どうやら俺には気づいてないらしいし、このまま図書室を出るか……。
　べつに、女がどんな目に遭おうと俺には関係ない。
　ひどい奴だと思われたって、どうでもいい。
　広げていたノートを閉じ、カバンの中に入れる。
　立ちあがり、教室を出ようとした時だった。
「や、めて、ください……」
　か細い、今にも消えそうな声が耳に入る。
　歩いていた足が、止まった。
　──俺はこの声を知っている。
　今日、女友達と楽しそうに話す隣の奴の声が聞こえていたから。
　──おいおい、なにしてんだよ俺は。
　どうだっていいだろ？
　同じクラスだから？　隣の席だから？　そんなの、俺には関係ないだろ。
　どうして……。
「なにしてるんですか」
　……助けなくちゃとか、思ってんの。
　俺の声が、図書室に響く。
　男３人と、そいつらに囲まれた時田がいっせいにこちらを見た。
「なんだお前？」

主犯格らしい奴が、俺の方へ歩み寄ってくる。
　見下ろすように目の前で止まり、まじまじとこちらを見てきた。あーあ、もう手遅れか。
　なんでこんな面倒なことに手突っ込んだんだろ、俺は。
　そう思いながらも、今さら引けないので俺は言葉を続けた。
「嫌がってますよね、離してあげたらどうですか？」
「はッ、なんだコイツ!?　王子気取りかよガリ勉くん」
「キモイんですけど〜！　おい、やっちゃえよコイツ」
　予想どおりのリアクション。これだからバカは単純だな。
　拳(こぶし)が飛んできて、俺は一瞬考えた。
　よけるか、止めるか。
　——パシッ。
「は？」
「弱いパンチ」
　悩んだ末、その拳を受け止め、つかんだまま背負い投げを決める。
　男たちはおどろいた様子でそれを見ながら、残りのふたりも俺に飛びかかってきた。
「学習しろよ。……バカな奴ら」
　ふたり同時に腹に拳と蹴(け)りを入れ、そのまま地面にたたきつける。
　手応えねーな……。
「お、まえっ……なにもんだ……！」
　は？　何者もクソもないし。
　お前らが弱いだけ。ただそれだけ。

「うるせぇな、ここ図書室。わかってる？　早く出ていけよ」
　見下ろしてそう言えば、三人三様、怯えた顔で慌ただしく図書室を出て行った。
　……さて、こっからどうする。
　残されたのは、俺と時田のふたり。
　俺はべつに助けてやったなんて思っていないし、むしろどうしてこんな行動に出たのかも謎のまま。
　できるなら、無言のまま立ち去りたいが——。
　さすがに、そうもいかない雰囲気。
　チラッと、おそるおそる時田を見る。
　時田は目に涙をためて俺を見ていて、今にも泣きだしてしまいそうだった。
　不覚にも、その表情にドキッとしてしまう。
「……じゃあ、俺行くから」
　ダメだ。コイツと、ふたりでいてはいけない気がする。
　直感がそう言っている。
「……気をつけて」
　バクバクとうるさい心臓の音。
　早く、この部屋から出ないと。
　じゃないと、なにかとんでもないことが起きそうな気がして……。
　早く、早く———。
　ぎゅっ、と制服を控えめに握られた。
　おそるおそる振り返ると、涙を必死に堪えるように下唇を噛み、眉を下げる時田の姿。

——ドクッ。
「ま、待って……」
　やめろ。
　ちがう、女は汚い生き物だ。
　時田だって、同じで……。
「あ、りがとうっ……助けて、くれて……」
　俺の中で、なにかが崩れた。
　ちがったのだ。
　俺の知っている、汚い女とはなにもかもが。
　キレイな瞳も、感情のこもった言葉も、なにより、クラスで嫌われている俺を、こいつはほかの奴のような嫌悪の瞳で見なかった。
　なにもかもが自然で、汚れを知らない目。
「わ、たし、男の人、怖くてっ……」
「ちょっ、泣き……」
「しゃべるのも、苦手で、黒石くんが、助けてくれて、ホントにっ……」
　あぁ、そうだったのか。
　男が話しかけても返事が返ってこないと有名な時田の行動には、そんな理由が隠されていたのか。
　……って、納得してる場合じゃない。
　我慢の糸が切れたように、ポロポロと涙をこぼしだした時田。
　俺はどうしていいのかわからなくて、あたふたとあたりを見渡す。

「ちょ、時田……」
「ご、ごめんねっ、ぅぅ……っ」
「大丈夫だから、泣きやめって、な？」
　自然と、時田の頭をなでていた。
　女に触るなんて、なにやってんだよ俺。
　そうは思うものの、どうしてもこの、小動物みたいな奴を放っておけなくて。

　そのあと、ようやく泣き止んだ時田。
「ホントにごめんねっ、もうこんな時間……」
　「黒石くん、時間大丈夫？」と申し訳なさそうに俺の顔をのぞき込んでくる時田。
「大丈夫。つーか、帰りたくなくて時間潰そうと思って来たから」
　……って、なに言ってんの俺。
　俺のことなんか、時田は興味ないって。
　なに、聞かれてもないことしゃべってんの、アホか……。
「私と、一緒だ……」
　ぽつりと、こぼすような言葉は、俺の耳にちゃんと届いた。
　一緒？
「帰りたくねーの？」
「う、ん……今日は、お母さん帰ってこなくて、家にいてもひとりだから……」
「……お父さんは？」
「お父さんはね、1年前に離婚したからいないの。ホント、

どうしようもない人で……お酒とギャンブルばっかり。仕事もしないで、浮気ばっかりする人だった……」
　時田？
　──おどろいた。
　裕福な家庭で幸せな家族に囲まれて、甘やかされて育ってきたんだとばかり思っていたから。
　俺の女への偏見がひどいっていうのもあるけど、顔のいい奴はたいていそうだろう。
「ご、ごめんね！　こんな話して……」
「いや、俺も似たような感じだし」
　そう言うと、時田はおどろいたように俺の顔を見る。
「そう、なの？」
「うん。俺の場合は逆だけど。母親がどうしようもない。浮気ばっか。家帰っても毎日知らない男が来てんの」
　俺たちは、今日初めて言葉を交わしたばかりというのに、自然と自分たちのことを話していた。
　時田は、１年前に両親が離婚、お母さんの方についてきたらしい。
　女手ひとつで時田を育てているため、週に何度かは夜勤で帰ってこないらしい。
「お母さん、体壊しちゃわないか心配で……でも私、なんにもしてあげれない。ホント、私がいなければ、お母さんあんなに働かなくていいのに……」
　自分を卑下(ひげ)するような言い方。
　俺からすれば、お前の方がなにもわるくないのに。

「時田のことが大切だから、お母さんも仕事頑張れるんだろ？　娘にそんなふうに思ってもらえて、時田のお母さんは幸せだな」

　そう言って、微笑んでみせた。

　本心だった。

　だって、俺も似たような家庭環境だけど、父親や母親のことを心配なんてしていない。

　初めの頃は、浮気されている父親に同情をしていた時期もあったけど、今はそれもなくなった。

　本当に俺のことが大切なら、離婚するはずだ。

　母親の現状を知っていてそれをしない父親は、きっと俺のことに関心がないんだろう。

　もうそんな冷めた考えしかできないほど、この時の俺は根性が腐りきっていたんだ。

「黒石くんは……優しいね」

　なぁ時田。

　こんな俺を優しいだなんていう人間は、お前くらいだよ。

　その日から、俺たちはたびたび図書室で同じ時を過ごした。

　塾がない日は、毎日のように図書室に通い詰めた。

　時田も、母親が夜勤の日は図書室に来ていたし、教室から一緒に行った日もあった。

　俺みたいな地味男が時田と仲よくしていることをよく思わない男はわんさかいたようで、バカみたいな嫌がらせに遭うこともまああったが、そんなことどうでもよかったん

だ。時田は、俺にとっての癒やしだった。
　薄汚れた家族に、愛と言う名の嘘に囲まれている俺に、純粋なものがあることを教えてくれた。
　どうでもいいような俺の話を、まるで大輪の花を咲かせるような満面の笑みを浮かべながら聞いてくれる時田との時間が、俺は大好きだった。
　時田といる時間は、嫌なことを忘れられたんだ。

　ある日の放課後。
「黒石くん、今日図書室行く？」
「ああ」
「わっ……やった。一緒に行こう？」
　照れくさくて、ただ首を縦に振る。
　立ちあがろうとした俺達の前に、クラスメイトの女ふたりと男ふたりが立ちはだかった。
　いわゆる、このクラスのリーダー格である奴らだ。
　なんなんだ……ニヤニヤと好奇の目を向けてくる奴らをじっと見つめる。
「ねぇねぇ、ふたりってなに？　最近仲いいけど、付き合ってんの？」
　……ああ、面倒くさいことになった。
　時田はおどろいたように目を見開き、怯えた様子で肩を縮こまらせている。
「付き合ってないよ」
　怯えている時田がかわいそうで、かばうように前に立った。

そんな俺を、男ふたりがにらみつけてくる。
「なにそれ？　ナイト気取り？」
「お前さ、地味男のくせに時田さんにつきまとうの、やめてやれよ」
　つきまとう？
　俺って、時田につきまとってるのか？
　そういえば……俺は時田といるのが楽しいけれど、時田はいったいどう思っているんだろう。
　女たちが、時田を囲んだ。
「そーだよ黒石。こんな可愛いのに、黒石みたいなキモい奴につきまとわれて、迷惑だよね？」
「あたしら、時田さんと仲よくしたかったんだぁ。近くで見たらマジで可愛いんだけど」
　コイツらの魂胆(こんたん)はわかった。
　自分たちのグループに、時田を入れたいわけか。
　中学生には、よくある話だ。
　グループとか、そういうものを作って自分の居場所を確保することに、必死になっている。
　時田は……どうなんだろう。
　コイツら一応目立ってるグループみたいだし、時田も、コイツらと仲よくしたいとか思うのか？
　やっぱり、女はこういうの、好きだと思うし。
　それに、この男ふたりはまぁまぁ顔も整っている方だ。
　時田はいい奴だけど、べつにコイツらを選んだって、軽蔑(けいべつ)しない。

だって、きっとそれが普通だ。
　だからべつに……。
「わ、私が……いたくて一緒にいる、の」
　今まで黙り込んでいた時田が、口を開いた。
「私が、黒石くんと仲よくしたくて……させてもらってるの。だ、だから……黒石くんのこと、わるく言わないで、ください……っ」
　怯えながらも、懸命にそう話す彼女に、俺は呆然と見入っていた。
　——ああ、ちがう。
　普通とか、べつにいいとか、そんなこと、俺は少しも思っていなかった。
　彼女に選ばれなかった時のことを考えて、耐性を作っていたんだ。
　心の中のどこかで、あきらめていた。
　時田を、欲しいと思うことを。
　それだけじゃない、俺はきっといろんなことに対してまずあきらめから入る癖ができていたんだろう。
　手に入らないから、きっといつか裏切られるから、信じたってムダだから……。
　——そんな言葉ばかりを並べて、俺は生きてきた。
「……あ、あっそっ。時田さんってヘンな人」
　四人は、気まずそうな空気を醸しながら、教室から出ていった。
「時田、大丈夫？」

「う、うんっ……」
「行こっか、図書室」
「う、うん」

　歩きはじめた俺の後ろを、追いかけるようについてくる時田。
　図書室には今日も誰もいなくて、いつもどおり俺たちの貸し切り状態。
「あのさ」
　図書室の扉を閉めて、時田と向かい合った。
「ありがと。さっきの、嬉しかった」
　俺のことを、あんな風に言ってくれる人間は今までいなかった。
　あんなに怯えきっていたのに、アイツらになにか言うのも怖かったくせに、お前、俺のことかばうんだもん。
　本当にバカだよ。バカで……俺、時田のこと愛しくて仕方ない。
　こんなナリをしてるから、お前を好きになっても報われないと思っていた。
　女は大嫌いなんて思い続けてきたくせに、日に日に時田に惹かれてしまっている自分を、必死に抑えていたんだ。
　だって、時田は俺なんか手の届かないような高嶺の花。
　容姿だけの問題じゃない。
　見た目以上にキレイな心を持つこの女の子を、どうやったら好きにならずにいられるんだ。

――時田なら、信じられると思った。
「う、ううん……！　ホントのことだもん……みんな黒石くんがいい人だって、知らないだけだよ！　黒石くんは、とってもいい人なんだからっ……」
　ううん、ちがうんだよ時田。
　俺ね、本当はいい人なんかじゃないんだよ。
　時田が俺をいい人だってかんちがいしてるのはね……俺が、時田に好かれたくて必死だったからだ。
「ありがとう。時田がそう言ってくれるだけで十分だよ」
　もう、全部認める。
　俺は、時田が好きです。
　キミは、俺が見つけた……唯一無二の女の子――。

　俺の世界はずいぶんとカラフルになった。
　今までなんとも思わなかったものが、キレイに見えるようになった。
　恋とか愛が本当に存在するなんて、それが、こんなにも幸せなものだなんて……。
　親父たちにも、そう思える時期があったのかな？
　わからないけど、ふたりにも、味わわせてあげたい。
　……って、どうした俺。
　なんつーこと考えて……こっぱずかしい。
「時田、ごめん遅れて」
　担任との面談があり、遅れて図書室に向かった俺。
「ううん。面談どうだった？」

「うーん、まぁ、今のまま頑張れば志望校は大丈夫だろうって」
「そっかぁ、すごいなあ。私、頑張りましょうって言われちゃった……」
「マジで？　でも時田成績いいじゃん。志望校どこなの？」
「じ、城西学園……」
　城西……県内トップか。
「なんで？」
「お母さんがね、城西学園行きたかったんだって……入試で落ちて行けなかったから、城西の制服来てるつぼみが見たいわぁって……」
　嬉しそうにそう話すつぼみに、俺まで頬がゆるんでしまう。
　ホント、お母さんのこと大事にしてるよな……そういうとこ、尊敬する。
　知れば知るほどいい女。
「…………」
　……ん？
　なんだろうか、時田の様子がいつもとちがうことに気づいた。
　もじもじしてるっていうか……なんていうんだろ、とにかく、ヘン。
「あ、あのっ……」
　不思議に思い時田を見つめていると、突然意を決したように俺の方を見た時田。

「ん?」
「こ、これ……」
　カバンの中から、可愛らしくラッピングされた袋を取り出し、俺に渡してきた。
「え?」
　なに、これ?
「今日、バレンタイン、だから……」
　バレンタイン?
　……ああ、だからまわりがやけに騒がしかったのか。
　なんか教室も菓子くさかったし、なるほどな。
　いや、なるほどなじゃねーよ。
　時田が、俺に、チョコ?
　深い意味はないとわかっていながら、舞いあがってしまいそうな自分がいた。
「くれん、の?　俺に?」
　ヤバい、嬉しい……マジかよ。
「い、いつもお世話になってる、から……と、友チョコ、です」
　もじもじしながら、はずかしそうにそう言った時田。
「へぇ……友チョコ」
　からかうように、口角をあげれば、時田は顔をまっ赤にした。
　ふっ、かっわい。
「お、女の子はみんなしてるよ!」
「女の子、ねぇ……」

たしかに、テレビとかでも最近『友チョコ』っていうワードはよく聞く。
　でも、なんか時田の反応が異様に可愛いので、いじめたくなってしまう。
「なあ……」
　まっ赤な顔に、自分の顔を近づけた。
　至近距離で、目が合う。
「時田さ……俺が男ってわかってる？」
　女の子じゃねーよ、俺？
　本当に、少しからかってやろうと思っただけだった。
　だけだった、のに。
「……っ」
　おどろくほど、顔をまっ赤にした時田。
　……え？
　そんな赤く、なること？
　予想外の反応に、こっちまではずかしさが伝染してくる。
　俺、はずかしいこと言った？
「え、っと……ごめん」
　気まずさに耐えきれず、時田と距離をとった。
　うわ……ヤバい空気。
「あ、あの、黒石く――」
「ごめん、今日は帰るわ。チョコありがと」
　自分の発言が今さらはずかしくなってきて、俺は逃げるように図書室を出た。
　やっちまった……。

なに言ってんだコイツって思われたかも、俺。はずかし……。
　明日どんな顔して会えばいいんだよ、うわぁ……。
　自分の顔を両手で覆い、誰もいない帰り道を歩きながら、あーと唸った。
　……にしても。
　時田がくれたチョコを見つめ、顔がニヤけそうになるのを必死に抑えた。
　俺完全に変質者じゃん……あー、家帰ったら即食べよ。
　いや、食べんのはもったいないか。でも食べずにどうすんだよ……保存も、限度があるだろうし。つーか時田がせっかくくれたのに、食べねーなんて失礼だろ。

　ぐるぐるとバカみたいにそんなことを考えていると、家に着く。
　ただいまも言わずに扉を開け、俺はすぐに違和感に気づいた。
　……ケンカ？
　リビングから聞こえる母親のヒステリックな怒鳴り声。
　男とケンカしてんのか……それにしては、騒がしすぎるというか……。
　そして、玄関に置かれてある、見覚えのありすぎる靴の存在に気づいた。
　――親父？
　まちがいない。

ずいぶんと長いこと使っているんだろう、革も底も薄くなった黒のビジネスシューズ。
　　これは、3年前、俺がお年玉の全額をつぎ込み親父に渡した誕生日プレゼントだ。
　　あわてて、リビングへと向かう。
　　そこには、泣きじゃくる母親と、あきれた様子の親父がいた。
「舜……？」
　　俺に気づいた親父は、不審げに目を細め俺を凝視する。
　　……あ、そうか。
　　あわててボサボサのカツラと、メガネを外した。
「えっと……おかえり？」
「あ、ああ……ただいま。どうしたんだその格好……」
　　親父は俺がこんなダサイ格好をしていることを知らなかったんだと気づく。
「まぁ、いろいろ……つーか、急に帰ってきてなに？」
　　このカオスな状況を、説明してくれ。
「舜……突然だが、今から引っ越すぞ。荷物をまとめなさい」
　　──は？
「なに、言ってんの……？」
「お母さんと父さんの離婚が成立した。舜と父さんのふたりで引っ越すんだ」
「金だけ置いて早く出ていけバカ男！」
「ちょっと母さん黙って。引っ越しって、いくらなんでも

急すぎるだろ……」
　今から？
　いやいや、困る。
　俺、時田の連絡先も知らねーのに……。
　つーか、会えなくなるのか？　時田、に。
「頼むよ、せめて明日まで……」
「すまない舜」
　親父が、俺に頭を下げた。
「大切な仕事があるんだ……わがままを、聞いてくれ……」
「そうよ、とっとと出ていきなさいふたりとも」
　……あー、はいはい。
　そうだよな。この家で、俺の意見が通ったことが一度でもあっただろうか？
　母さんもこういっているし、早く出ていくべきなんだろう。
　つーか、こんな家こっちからごめんだ。
　なかば投げやりになり、親父が用意した段ボールに必要なものをぶち込んだ。
　すべて片づけ、急ぐ親父に連れられ家を出る。
　車の中でも、俺は時田の顔が頭から離れなかった。
　……なにも言わずに引っ越すとか、俺サイテーじゃん。
「なあ親父、俺、友達がいるんだ。ちゃんと、最後に挨拶したいんだけど」
「……すまない。学校には、父さんからきちんと連絡を入れる。別の日にあらためて連れて行くから、今は……」
「うん。わかった。もういい」

なにか理由があったんだろう。
　この時期に離婚が成立したのも謎だが、もうこれ以上親父を責めてはいけない気がした。
　たぶん、いちばん心を痛めているのはこの人だ。
　この前見たときよりも……ずいぶんと痩せている。
　親父にも、いつかもう一度、いい人が見つかればいいのにな……。
　車窓から見える景色を見つめながら、ぼんやりとそんなことを思った。
　時田……ごめん。
　唐突に、終わりを告げた初恋だった。

　引っ越してから、１年の月日がたった。
　俺はあれから一度も、時田のいる学校には行っていない。
　行けなかったんだ。
　時田に、どう思われているか……それが怖かった。
　まぁ、嫌われて当然のことしたよな……。
　あきらめのつかない初恋をかかえながら、今日も俺は色のない生活を過ごす。
　離れてみて、自分にとって時田がどれだけ大きな存在だったのか、あらためて痛感した。
　キミがいない毎日は、こんなにもつまらない。

「来週から、三者面談を行う」
　３年にあがって幾日かたった頃、配られたプリントを

ぼーっと見る。
　進路相談……か。
　……進路？
『お母さんがね、城西学園行きたかったんだって……入試で落ちて行けなかったから、城西の制服来てるつぼみが見たいわぁって……』
　――それだ。
　決めた、今決めた。
　俺、城西行く。
　もう絶対決めた。ぜってー城西行ってやる。
「舜〜、お前志望校どこにすんの〜？」
　いまだに変装を続けている俺だが、転校先でそんな俺に絡んでくる男がいた。
　なにやら俺を気に入ったらしく、ずいぶんと懐かれてしまった。
「城西」
「え！　マジ！　俺もなんだけど！」
「……は？　優介はバカだから無理だろ？　つーかなんで？」
　ありえない。クラスでも成績下の方だろお前？
　勉強嫌いのくせに、なんであんな進学校受けるつもりなんだ……？
「い、従姉妹が……受けるって……」
　はずかしそうにそう言った優介に、俺は納得した。
　なんだ、コイツも俺と一緒か。
　ホント男ってバカだよな。でも、バカ上等だ。

「まぁ、せいぜい頑張れ」
「舜がついてるならよゆーだろ！」
「俺はバカには教えない」
「な、なんだよそれー！　薄情者ぉ……！」
<ruby>薄情者<rt>はくじょうもの</rt></ruby>

　時田が、確実に城西へ行くと、決まったわけではない。
　でも……限りなく可能性は高いはずだ。
　もし俺が、城西に行けたなら。
　そこに、時田がいたのなら……。
　――今度こそ、彼女に本気でぶつかろう。

　そして、高校入学とともに、俺は変装を解いた。
　なんでもいい。
　時田に好きになってもらえるのなら、母親に似たこの嫌いな顔でさえ、武器にしてやる。

「舜、再婚相手の人のことなんだが、時田マスミさんという女性で……」
「うん」
「娘さんもひとりいてな、この家で、一緒に暮らしたいと思っているんだ」
「うん」
「来週、会ってみないか？　舜も、突然の同居は不安だろうし……」
「なんでもいいよ。それより、入学式行ってくる」
「え？　舜っ……て、ちゃんと人の話を聞いているんだろ

うか、まったくあいつは……」
　玄関を飛びだし、家を出る。
　どうか、時田も入学できていますように……。
　そして今度こそ、後悔しないように、君に気持ちを伝えられますように──。

　今になって思う。
　再会したくてこの高校に入学したというのに、初めて言葉を交わしたのは、自宅の中だなんて……なんておかしな話だ。
　でも、キミがいてくれる今がとてつもなく幸せに満ちあふれているから、なんでもいいかなって思うんだ。
　つぼみがいてくれるなら、俺の世界は輝くから。

知恵熱です　sideつぼみ

　お母さんと、シンさんに舜くんとの交際を打ちあけた翌日。
「ゴホッ……うぅ……」
　悩みが一気に解決し気が抜けたのか、私は久しぶりに熱を出した。
「39度……つぼみ、大丈夫か？」
　体温計を見て目を見開いた舜くんは、ベッドに寝る私を心配そうに見つめ、おでこをなでてくれた。
　舜くんの手……冷たい。
「大丈夫……すぐに治るよ」
「すぐにって……やっぱ俺、今日学校休むわ」
「だ、ダメだよ！　テスト前だし……」
「そんなのどうでもいいって。つーか授業なんか受けなくても、テストの点くらい取れるし」
　さ、さすがっ……学年トップは言うことがちがうっ……。
　けど、私は舜くんが、いつも勉強をしていることを知っている。
　舜くん曰く、人から教わるよりも自分で予習する方が個人的には頭に入る、だそう。
「私は大丈夫だから……ね？　心配しないで行ってきて？」
　精いっぱい、頑張って笑顔を浮かべて見せると、舜くんは眉を顰めた。
　納得いかないような表情をしながらも、「わかった……」

と、つぶやかれた言葉。
　どうやらわかってくれたようなので、安心安心。
「その代わり、なにかあったらすぐに連絡しろよ？　メールでも電話でもいいから、授業中とかも遠慮することないからな？」
　そ、それはさすがに、遠慮しちゃうよ……。
　あはは……と笑いながら、とりあえずうなずいた。

　みんなが家からいなくなって、ひとりきり。
　舞くんが、タオルや冷却シート、食べるものをたんまりと用意してくれたので、とくに不自由はない。
　でも、なんだろう。熱がある時って、どうしてこんなに寂しくなるんだろう……。
　会いたいなぁ……舞くん。
「んっ……頭痛い」
　表現するならば、一定のリズムでトンカチで頭をたたかれるような痛み。
　頭を押さえずにはいられなくて、唸り声が漏れる。
　体も熱くてたまらなくって、汗でべたつき気持ちわるい。
　熱いのに、寒いよう……。
　今、何時だろう……？
　舞くん、まだ学校終わらないかな……？
　なんとかベッドの端にあるスマホをとり、画面を照らす。
　すると、時刻はまだ午後にもなっておらず、舞くんが学校に行ってから2時間もたっていなかった。

うそ。もっとたったと思ったのに……。
　スマホの画面を見るのがしんどくて、手の力をゆるめ置いた。
　寝ようと思うのに、しんどすぎて寝付けない。
　息があがってきて、冗談抜きにこのまま死んじゃうかも……なんて考えが、一瞬頭を過った。
　──プルルルル。
　……だ、れ……？
　メールの通知はオフにしてるから、電話、かな……？
　なんとか力を振り絞って、再びスマホを点けると、画面には【舜くん】の文字が映し出された。
　舜くん……？
「もし、もし……？」
『つぼみ、大丈夫か？』
　舜くんの第一声に、胸がきゅうっと締めつけられた。
　声が聞こえただけなのに、なにこれ……切ないよっ……。
「うん、大丈夫っ……」
　でも、そんなこと言えなくて、心配はかけられないから、必死に声を出した。
『……嘘つけ。すげーしんどそうだけど、ちゃんと水分摂(と)ってる？』
　けれど、舜くんにはバレバレだったらしい。
　どうして、わかったんだろう。
　舜くん、すごいな……。
「うん……心配、しないで……」

『つぼみ？　……泣いてる？』
　頭がズキズキと痛んで、けれど舜くんの優しさが嬉しくて、でもひとりきりが寂しくて……いろんな感情が混ざって、生理的な涙がこぼれだす。
　それさえ気づいてしまったらしい舜くんに、愛しさがあふれた。
「しゅん、舜くんっ……」
『どうした？　大丈夫か!?』
「……っ会いたい、よぉ……」
　相当弱っていたんだろうけど、本当に無意識だった。
　おもわず漏れた本音に、やってしまったと気づいたのは、電話が切れたあと。
『……待ってろ。すぐに行くから』
　——プツッ、ツー、ツー。
　……あ、あああ……私のバカぁっ……。
　舜くん、絶対帰ってくるよ、舜くんに授業サボらせちゃったっ……。
　今すぐ撤回(てっかい)しようと電話をかけ直したものの、出ない。
　……ごめんなさい、舜くん……。
　心の中で謝りながら、痛み続ける頭を押さえた。

　玄関のドアが勢いよく開かれた音が聞こえたのは、電話を切って20分くらいがたった頃だった。
　——え。
　も、もう帰ってきたのっ……？

「つぼみ、大丈夫か？」
　息を切らした舜くんが、部屋に入ってきた。
　必死に体を起こそうとするけれど、鉛(なまり)のように重いそれは言うことを聞いてくれない。
　舜くんは、あわてて私のもとへ駆け寄ってきて、額に手を当てた。
「熱っ。熱あがってるだろ……」
「舜くん……」
　さっきまでの寂しさはどこへやら。
　優しく触れてくれる舜くんの手に、ひどく安心する。
「ごめん、なさい……」
　私のわがままで……品行方正(ひんこうほうせい)の舜くんに、わるいことさせちゃった……。
　舜くんは、私を見つめて優しく微笑む。
「謝る必要ないって。つーか心配で授業どころじゃなかったから……」
　額に添えられた手が、そのまま頭を優しくなでた。
　そして、ちゅっと可愛らしい音を立て、額に口づけられる。
　……っ、私、汗かいてるのにぃ……。
「き、汚いよっ」
「バカ。汚くねーよ。ほら、汗拭こう」
「ん……」
　私の体を起こそうとしてくれているのか、背中にまわされた手。
　けれど力が入らなくて、起きあがれない。

「起きられないか？　とりあえず、すごい汗だから、水飲もう？」
　舜くんは私から手を離し、ペットボトルをとった。
　うーん……と、なにやらペットボトルと私を交互に見つめる舜くん。
　……？
「……仕方ない」
　舜くんは、蓋を開けると、それを自分の口に含んだ。
　そして、あろうことか私の唇へとキスをして来たのだ。
「んっ……！」
　え？　えっ？
　なにが起っているのかわからない私の口内に、また冷たい水が入ってくる。
「はい、ごっくんして」
　まるで子どもに言うみたいに私を見つめる舜くん。
　反射的に飲み込んでしまい、水は喉を通っていった。
　く、口移し、なんて……っ。
「……っ、ダメ、だよ……うつっちゃ、う」
　もうすぐテスト期間なのに、ダメだよっ……！
　心配する私とは反対に、気にしていない様子でにこりと微笑む舜くん。
「いいよ、うつして」
　も、もうっ！　いいわけないのに……！
「まだ飲む？」
　そう聞いてくる舜くんに、首を左右に振る。

「い、いらないっ……」
　けれど、どうやらもともと、拒否権は持ち合わせていないようで……。
「ダーメ、ちゃんと水分摂らなきゃ」
「しゅ、舜くんっ……！」
「ほら、口開けて」
　そのあとも、何度か口移しで水を飲まされた私。
　はずかしさやなんやらで、さらに熱があがった私は、深い眠りについた。

　目が覚めると、外はまっ暗。
「あ、れ……」
　私、いつから寝てた……。
　しんどいのはずいぶんとマシになっていて、首を傾け部屋を見渡す。
　舜くんの姿があり、少しほっとした。
「舜、くん……？」
「あ、目ぇ覚めた？」
　看病、してくれたのかな……？
　おでこに貼られた、まだ新しい熱冷ましのシート。
「おはよ。まだしんどいか？」
　私のもとへ歩み寄り、目線を合わせて話してくれる舜くん。
「ううん。大丈夫……」
「ホントに？　ならよかった」
「ありがとう。ごめんね、ずっといてくれたの……？」

もう夜みたいだから、私けっこう寝てたと思うのに……。
「だから、謝らなくていいって。そんなに申し訳ないと思うなら……態度で示して」
「……え？」
　突然、意味深な笑みを浮かべた舜くんに首をかしげる。
「キス、してよ。つぼみから」
「え、ええっ……！」
　な、なに言って……！
「か、風邪、うつっちゃうからダメっ……」
「べつにいいのに、そんなの」
　よ、よくないってばぁ……。
　残念そうに唇を尖らせる舜くん。
　その姿がなんだか可愛くて、胸がきゅんっと音を立てた。
「あ、あの……」
　舜くんの手を、控えめに握る。
「風邪が治ったら……いっぱいしてあげるから……ダメ？」
　羞恥を捨ててそう言えば、舜くんはおどろいたように固まった。
　そして、うつむいた舜くんは、なにやら唸るように声を出す。
「……あー、あー」
「しゅ、舜くん？」
　だ、大丈夫……？
　顔をのぞき込もうとした瞬間に、舜くんは顔をあげた。
　そして、もうすぐ唇がくっついちゃうんじゃないかって

くらいの至近距離で、口を開く。
「……絶対だからな。風邪治ったら、俺の気が済むまでキスしてもらうからな」
　どうやら、私は墓穴を掘ってしまったようです……。
「き、気が済むまで……？」
「そう。覚悟しといて」
「そ、そんなっ……」
　前言撤回は、もう利かないみたいです。

あとがき

この度は、数ある書籍の中から、『クールな彼とルームシェア♡』を手にとってくださり、誠にありがとうございます。

作者の＊あいら＊です。

『クールな彼とルームシェア♡』いかがだったでしょうか？

文庫の方では、サイトでは未公開の番外編も書き下ろしさせていただけて、とても楽しみながら書くことができました。

私は、とくに小説の中にメッセージを忍ばせるというよりは、読み終わったあとに楽しかったと思って頂けるような作品作りを心がけるようにしています。

何度も読み返して、ドキドキ、キュンキュンできるような作品に仕上げるつもりで、今回も書かせていただいたのですが、果たしてときめきを届けることはできたでしょうか……!?（笑）

クールで女嫌いな舜くんと、家庭的で心優しいつぼみちゃん、ふたりは勝手に動いてくれたので、詰まることなくさらりと書き終えることができました。

手のかからないふたりだったので、作者としては非常に助かりましたっ……（笑）

そして、コウタ先輩ですが、彼のお話も野いちご様にて

メインの小説を書いております。
　コウタ先輩のその後を気にしていただけましたら、是非そちらも読んでみてください！
　あらためて、ここまで読んでくださり、ありがとうございます。
　制作にあたり、的確なアドバイスをくださった前担当の森上さま。（この作品が誕生したのは、森上さんのアドバイスのおかげです……！）
　編集の際、親身になってたくさん相談に乗ってくださり、一緒に編集を進めてくださった担当の飯野さま。（サイト時より舜くんがお友達の優介くんに優しくなったのは飯野さんのおかげです！　笑）
　いつもこまめに私の小説をチェックしてくださっている、お父さんお母さん、家族の皆様（笑）。
　書籍化の度に、一緒になって喜んでくれる親戚の皆様。
　そして、いつも温かく見守ってくださる、読者の皆様。
　この作品を書籍化するにあたり、携わってくださったすべての方に感謝申し上げます。

　それでは、またどこかでお会いできる日を願って！

　　　　　　　　　　　　　　　2017.1.25　＊あいら＊

この物語はフィクションです。
実在の人物、団体等とは一切関係がありません。

*あいら*先生への
ファンレターのあて先

〒104-0031
東京都中央区京橋1-3-1
八重洲口大栄ビル7F

スターツ出版(株) 書籍編集部 気付
*あいら*先生

クールな彼とルームシェア♡
2017年1月25日　初版第1刷発行

著　者	＊あいら＊
	ⓒ＊Aira＊ 2017
発行人	松島滋
デザイン	黒門ビリー&ロック（フラミンゴスタジオ）
ＤＴＰ	株式会社エストール
編　集	飯野理美
	須川奈津江
発行所	スターツ出版株式会社
	〒104-0031 東京都中央区京橋1-3-1　八重洲口大栄ビル7F
	ＴＥＬ 販売部03-6202-0386（ご注文等に関するお問い合わせ）
	http://starts-pub.jp/
印刷所	共同印刷株式会社

Printed in Japan

乱丁・落丁などの不良品はお取替えいたします。上記販売部までお問い合わせください。
本書を無断で複写することは、著作権法により禁じられています。
定価はカバーに記載されています。

ISBN 978-4-8137-0196-5　C0193

ケータイ小説文庫 2017年1月発売

『俺をこんなに好きにさせて、どうしたいわけ?』 acomaru・著

女子校に通う高2の美夜は、ボーイッシュな見た目で女子にモテモテ。だけど、ある日いきなり学校が共学に!? 後ろの席になったのは、イジワルな黒王子・矢野。ひょんなことから学園祭のコンテストで対決することになり、美夜は勝つため、変装して矢野に近づくけど…? 甘々♥ラブコメディ!

ISBN978-4-8137-0198-9
定価:本体590円+税

ピンクレーベル

『彼と私の不完全なカンケイ』 柊乃・著

高2の璃子は、クールでイケメンだけど遊び人の幼なじみ・尚仁のことなら大抵のことを知っている。でも、彼女がいるくせに一緒に帰ろうと言われたり、なにかと構ってくる理由がわからない。思わせぶりな尚仁の態度に、璃子振り回されて…? 素直になれないふたりの焦れきゅんラブ!!

ISBN978-4-8137-0197-2
定価:本体570円+税

ピンクレーベル

『ずっと、キミが好きでした。』 miNato・著

中3のしずくと怜音は幼なじみ。怜音は過去の事故で左耳が聴こえないけれど、弱音を吐かずにがんばる彼に、しずくはずっと恋している。ある日、怜音から告白されて嬉しさに舞い上がるしずく。卒業式の日に返事をしようとしたら、涙ながらに「ごめん」と拒絶され、離れ離れになってしまい…。

ISBN978-4-8137-0200-9
定価:本体590円+税

ブルーレーベル

『初恋ナミダ。』 和泉あや・著

遙は忙しい両親と入院中の妹を持つ普通の高校生。ある日転びそうなところを数学教師の椎名に助けてもらう。イケメンだが真面目でクールな先生の可愛い一面を知り、惹かれていく。ふたりの仲は近付くが、先生のファンから嫌がらせをうける遙。そして先生は、突然遙の前から姿を消してしまい…。

ISBN978-4-8137-0199-6
定価:本体550円+税

ブルーレーベル

書店店頭にご希望の本がない場合は、
書店にてご注文いただけます。